U0165257

湛藍透明的我

ぼくは
青くて透明で

Kubo Misumi
窪美澄——著　emina——譯

目次

Contents

第1話

海

戴著口罩的日子要持續到什麼時候呢？雖然會這麼想，但我其實也沒那麼討厭這種生活。

可以遮住一半的臉，對我而言是件值得感激的事。因爲口罩，我的存在感變得稀薄、變得透明，成爲了在不在現場都無關緊要的人。

話雖如此，沒有被口罩遮住的每雙眼睛，傾訴著各式各樣的情感。我喜歡透過口罩，察覺某個人情緒波動的瞬間。明天開始要去的新學校裡，會遇見什麼樣的情感呢？一邊想著這樣的事情一邊入睡的我，連續做了好幾個夢。

夢裡面是五歲的我。上幼稚園用的黃色書包被丟在家裡的走廊上。

走廊盡頭的玄關門不知爲何是開著的，眼前是媽媽的背影。綠色的羊毛大衣。當時媽媽經常穿著它。觸摸袖子，有種粗粗的觸感。媽媽的前方是下雪的夜晚。雪下個不停。媽媽手裡有個看起來很重的行李。爸爸和媽媽爭執的聲音害我醒了過來。但是不見爸爸的蹤影。媽媽，我張口呼喊，卻發不出聲音。媽媽沒有回頭。某些事情早已經決定好了，那個背影似乎如此訴說著。媽媽！彷彿把我的聲音抹去似的，門發出聲響而關上。

下個瞬間，我在美佐子小姐的背上。美佐子小姐曾是爸爸的戀人，在我七歲那年成爲了我的母親。不過，無論經過多久，我從來不曾以母親來稱呼美佐子小姐。七歲的我額頭發燙。小時候，我是個經常發高燒的孩子。不見爸爸的身影，美佐子小姐背著我奔跑在半夜的街道上。吹拂過額頭的涼風讓人感覺舒服。與我擦身而過的街燈，由於發燒的緣故，看起來像暈開了一樣。「再一下下就到了！」美佐子小姐的聲音傳來。我緊抱著美佐子小姐的脖子，發現美佐子小姐和媽媽有著完全不同的味道。我並不討厭這個味道。急診醫院的紅色燈光映入眼簾。我鬆了一口氣，閉上了眼睛。

張開眼睛，我在國中的教室裡。班導師小川老師站在黑板前面。這是集合了劣等生，在放學後進行的補課。仔細用熨斗燙過的白襯衫，從那袖口延伸出來的粗壯手腕。濃濃的眉毛、眉毛下的溫柔目光。小川老師盯著滿是我醜陋字跡的筆記本。散落在額頭上的劉海，淡淡的咖啡香氣。小川老師注視著我的眼睛，我的臉變得通紅。老師從我手中拿走了螢光筆，老師用螢光筆在教科書上畫線，帶著螢光的黃色看起來比任何時候都更閃耀。

老師凝視著我的臉，用認眞的表情說著什麼，可是我聽不到。老師、老師。我站起來，把自己的臉往老師的臉貼近。視野裡全是老師的嘴唇特寫，帶著乾紋的嘴唇。我側頭朝向老師，想做卻不能做的……。

手機鬧鐘將我拉回現實。正要進入重點的說！我一邊想一邊按掉鬧鐘。我再次仰臥回床上。有著些許霉味、四疊半的房間門外，聽得見美佐子小姐發出的聲響。我在高一暑假搬來這個城市，還不到一個月。年幼的時候爸爸和媽媽都在，但媽媽離家、後來爸爸也從身邊消失，現在我和沒有血緣關係的美佐子小姐，過著兩個人的生活。雖然與社會上認定的「普通」相去甚遠，但美佐子小姐是我唯一的家人，這點無庸置疑。

只穿著 T-shirt 和內褲睡覺的我，急忙穿上前一間學校的運動服，把門打開。

身著鬆垮 T-shirt 和牛仔褲的美佐子小姐轉過身來。

「學校，很討厭吧。」美佐子小姐突然一臉認真地說，害我忍不住噴笑。

「真的很討厭，學校。」我一邊說，一邊打開冰箱，拿出牛奶和雞蛋。

「工作，也很討厭。」美佐子小姐一臉沉重地說。

「請假不就好了。」我站在美佐子小姐旁邊，把蛋打進容器碗裡。

「生活要花錢阿，哈哈哈。」美佐子小姐皺起八字眉、用無奈的表情笑著。

「今天我也要打工。」我在熱好的平底鍋裡把奶油融化、倒入蛋液。

「嗯嗯、也是啦、不過、那個喔、海，你不用太勉強自己喔。」

「生活要花錢阿，哈哈哈。」我模仿著美佐子小姐，使勁垂低眉毛說著。

「要是中樂透就好了。」美佐子小姐一邊說、一邊站著大口地喝下杯子裡的牛奶。嘴巴周圍長出了白色鬍子。有時候她比我更像小孩子，我心想。和美佐子小姐一起生活已經過了十年。如果沒有美佐子小姐的話，或許我會在兒少安置機構裡吧。不像我的爸爸或媽媽把我棄之不顧，美佐子小姐願意和我一起生活，對此我十分感激。不過，總有一天，這樣的生活也應該劃下句點。必須讓美佐子小姐自由才行。如果這樣的生活結束的話，和美佐子小姐一起站在廚房的這個瞬間，在某個未來或許也會反覆地出現在夢裡吧。

「我出門了。」吃完早餐、換好制服的我，慌張地對美佐子小姐說。

「口罩、口罩！」沒錯。轉學第一天，有了這個，我的存在應該不至於太過醒目。

「再見。」當我準備出門時，美佐子小姐瞇著眼睛、彷彿在和小孩子說話似的對我說「路上小心！」。走下公寓的樓梯，朝著學校的方向去。公寓位於坡道上方，走下坡道有個湖泊，湖的旁邊則有座大神社。高中則在坡道的中段。順著坡道越往下走，穿著同樣制服的學生就越多。

我和美佐子小姐之所以搬來這個城市，是由於美佐子小姐在前一個城市失業了。打從和我一起生活以來便一直工作的印刷公司倒閉了。雖然在同一個縣裡，不過那個城市靠近縣境，也比這裡更小。美佐子小姐和我的生活絕對稱不上富裕。靠著美佐子小姐兼職，兩個人的生活才勉強過得去，卻因爲新冠疫情，所有工作都沒了。爲了工作搬來的這個城市，有具規模的大學，距離東京也不算太遠，工作機會比那個縣境的城市多。

離開原本上得好好的高中、轉進完全不同的高中，說實在我覺得很麻煩。不過，也沒有一個人留在那個城市生活的選項。雖然想早點讓美佐子小姐自由，但那也是之後的事了。

說實在的，我覺得不去上高中也無所謂。無論是像監獄一樣（雖然我沒有進去過！）索然無味的建築物、或是時間一到就被趕進教室裡，對我而言都是難以忍受的事情。所以當我沒有想太多、說出國中畢業後想要出社會工作的念頭時，平時幾乎不會大小聲的美佐子小姐，居然氣到揮舞著手臂。想要工作，雖然這麼說，但具體也沒有想做的事情。不只是美佐子小姐，小川老師說的「至少讀完高中。」對我的影響也很大。不知道是不是托小川老師補習的福，在轉學考時，出乎我意料之外，考上了這個城市第二志願的學校。

今天開始要去那個學校。但是，即使學校改變，我的存在也不會變。如同空氣般的羽田同學。在前一個學校，應該也有很多人沒發現我轉學了吧。不過，這樣也好。如同空氣般的羽田同學的話，任誰都不會想要深交。

在老師的催促下，我站在黑板前面做了自我介紹，不過似乎沒有幾個同學在看我。自我介紹結束時，老師突然抓住了我的劉海。我嚇了一跳，試圖掙脫他的手而用力甩頭。

「太長了。去剪掉。」老師面無表情地說。劉海怎樣其實也無所謂。但我討厭這種被命令的感覺。老師沒有留意到我的眼神，自顧自地往下說。

「你的座位在最後面。有什麼不明白的就問班委會長。長岡。」

坐在教室正中央的同學舉起了細長的手臂。

「午休的時候再跟你介紹一下學校的環境。」

「好的。」

被稱作長岡的同學戴著黑框眼鏡、肩膀寬的嚇人。不過，從肩膀和手臂的肌肉分布看來，應該有從事某種運動吧。在口罩上、眼鏡後面的雙眼，不是看著我、而是看著老師。我對著被稱作長岡的同學輕輕點了頭，走到教室最後面的座位、坐了下來。

第一節課是數學，課程進行的速度快到讓我吃驚。長岡同學被老師點名、站到黑板前面，一邊發出喀喀喀的聲音、一邊用粉筆在黑板上振筆直書。一下子就把問題解開了，眞是個討人厭的傢伙。

剛上完第一節課，我便已經決定放棄學習了。被退學的話會給美佐子小姐帶來困擾，這種事情我不做。不過，我打算以不會被退學的成績和出席日數，把高中生活混過去。

「羽田……同學？」回頭一看，是戴眼鏡的班委會長、長岡同學。

那是在令人窒息的上午的課結束後，當我把樓梯兩階當作一階往上跨的時候。我手裡拿著裡面裝有早上做的三明治的紙袋，走出教室要往頂樓去。在前一個學校，我總是一個人在頂樓吃飯。其實只要習慣了，倒也不覺得孤單。

「你要去哪？」

「頂樓。」

「進不去喔。」

「眞假！」我不小心破音了。

「那裡有上鎖。」

「……」這樣的話，我要去哪裡吃飯才好呢。

「我想說先帶你認識一下學校的環境比較好。」

那口氣聽起來像是想要立刻把老師交代的事情給完成似的。

「我大概、都知道了。不要緊的。」

「話不是這麼說的吧。」眼鏡深處的那雙眼睛裡散發著怒氣。我慢慢走下樓梯，往長岡同學走去。坐著的時候沒有注意到，長岡同學和我長得一樣高。以高一生來說十分足夠的身高。

「對不起啦。你不要再生氣了啦。好嘛，你可以帶我認識環境嗎？」

長岡同學以一種無可奈何的眼神輕輕點頭，站到我的前面往前走。我一邊看著長岡同學的背影一邊往前走。

「這裡是體育館。」

「嗯。」隨處可見的老舊體育館。無論是實驗室、美術室，幾乎都和前一個學校沒有什麼不同。再次回到一樓、來到保健室門口時，對面有個女孩子朝著長岡同學跑了過來。

「忍，已經結束了嗎？午飯吃了嗎？」女孩子一邊說一邊摟住長岡同學的手臂。長岡同學的太陽穴附近泛紅。是他的女朋友嗎？

「那個，大致上我都了解了，這樣子沒問題了。謝謝。……而且，我從早上開始就覺得頭有點痛。」我一邊說一邊打開保健室的門。

「欸，這樣的話，必須跟老師說才行。老師！船場老師！」

頭痛當然是騙人的，不過長岡同學巨大的聲音在我腦子裡嗡嗡作響。

「又不是小孩子了，我沒事的啦。再見囉。」我這麼說著，在長岡同學的面前準備關上門。長岡同學不服氣的眼神透過眼鏡注視著我。但我硬是把門關上了。

長岡忍，這個名字刻在了我的大腦皮質上。我在這間學校第一個記住的同學的名字。忍這個名字與長岡同學十分契合。優等生、從事著某種運動、又有女朋友。這樣的長岡忍，和我的人生應該不會有任何交集吧。我不禁這麼想。

「老師，我今天剛剛轉學過來，覺得頭有點痛。下午的課開始之前，我可以在這裡躺一下嗎？」我行雲流水地說。

在學校，屋頂和保健室，對我來說是最重要的地方。被長岡稱呼爲船場老師的年輕女老師，擔心我的身體，要我躺在床上。老師拉上了用來將床隔開的白色簾子。我在密閉的白色空間裡脫下了口罩。呼！我長嘆了一口氣。我坐在床上，安靜地吃完帶來的三明治。

窗戶是開著的，簾子隨著風來回擺動。令人安心的光景。正當我咬下最後一個三明治時，作爲與隔壁床之間的界線的簾子被強風掀開，床上躺著一個女孩子。戴著口罩躺在那裡的女孩子滿眼通紅。淚水順著眼角滑落。劉海沿著額頭一直線剪齊，看起來不像高中生，反倒像個幼稚園的小孩子。我們四目相接。

「還好嗎？」

我不假思索問道。女孩子突然大叫一聲、把臉埋進被子裡、像個眞正的小孩子一樣哭了起來。船場老師急忙地把簾子拉上。

嘴裡咬著三明治的我被趕到走廊上，只好走進操場，坐在角落的松樹樹蔭下，單手脫掉因汗水而緊黏在身上的襯衫。

不知道是社團活動、還是午休的玩樂，有許多男生正在踢足球和拋接棒球。眞好、眞好，我心想。並沒有想要他們邀請我加入。而是我喜歡欣賞正在運動的男生。更精確地說，我喜歡男性的身體線條。平坦的胸膛和緊實的小屁股。

不、不僅是身體，我喜歡男性這種存在。從我開始懂事的時候就這樣了。不容質疑的事實。我的戀愛對象從一開始就是男孩子，完全沒有女孩子的餘地。這種事情我沒有對任何人說過。不過，我覺得美佐子小姐應該或多或少有察覺到。

這輩子第一個打從心底喜歡的人，是國中的班導小川老師。

初中以前，對於別人是用什麼眼光看我，過於漫不經心，自己的「內在」完全袒露，以致經常被說「像個女孩子一樣」、「同性戀」。因爲這樣受到了相當多的霸凌以及傷害。

原來，我認知的「普通」，和社會上的「普通」有著極大的差異啊。意識到這一點，是在國中接近尾聲的時候。我無法理解其他人的「普通」。其他人要理解我的「普通」也不是件容易的事。這兩條線沒有交集。不過，我也沒有因此感到失望。既然不會有交集，那麼我也沒有刻意展示出眞實自我的必要。在國中畢業典禮那天，我下定了決心。

進入高中後，我像未開封的調理包一樣緊緊地封閉，努力不洩漏自己喜歡男性的「內在」而活著。

這件事我沒有打算告訴任何人，更何況我也未曾有過無話不談的朋友，雖然也想過如果將來能交到這樣的朋友就好了，但我沒有抱持期待。對於其他人的「普通」，我不會說三道四。所以，我也不希望其他人對我的「普通」指指點點。就只是這樣而已。眞希望能早點放學。說實話我很想就這樣直接蹺課，不過才剛轉學就成爲焦點也不太好。想要快點去打工。想要快點見到宗輔。宗輔是我現在喜歡的人，不過他有女朋友了。只要想到這個，胸口附近就覺得痛。

一放學我立刻逃出學校，往打工的地方去。

美佐子小姐白天在將自產自銷的蔬菜發送至全國的公司上班，晚上則在蛋糕工廠工作。即使工作成這樣，我和美佐子小姐的生活還是過得十分勉強。我盡可能不要成爲美佐子小姐的負擔。不要打什麼工、好好讀書，雖然美佐子小姐這麼說，但是我不想在讀書這件事情上花時間或金錢。所以，我到這個城市的第一件事，就是找到打工的地方。轉學的學校原則上是禁止打工的，但我沒有去遵守那種規定的餘裕。打工比高中更重要。暑假期間每週打工六天，而今天開始是每週五天，從放學到晚上七點爲止。

與高中有段距離的大學附近、車站後方的老咖啡店。在打工結束後會提供員工餐的這一點令人感激。是間大學生和當地的老爺爺、老奶奶經常來光顧，不造作的好店。由於在過往居住的城市裡我也是在咖啡店打工，因此馬上就被採用了。雖然總有一天會負責廚房的工作，不過一開始還是被分配到外場。把過長的圍裙的綁帶繫緊，收拾桌面上的餐具和杯子。「麻煩你了。」我把它們放置在櫃台上，交給宗輔。「嗯。」聲音響起的同時，宗輔光溜溜的手臂從捲起的袖子裡伸了出來。在過長的劉海的縫隙之間，我看著宗輔微微下垂的眼睛。宗輔不是學生。簡單來說是個自由工作者，實際上則是代替幾乎不會出現在店裡的店長，管理店內的事務。年紀大概二十歲後半左右。某些地方和國中時的小川老師相似。

平日的工讀生除了宗輔以外，還有另一位大學生和我。店裡沒那麼忙的時候，宗輔會只教我一個人店裡所提供的料理的做法。這讓我感到驕傲（雖然那個大學生會用刁難的眼神看著我就是了）。這間店的人氣料理，像是煎蛋捲、熱壓三明治，我都已經會做了。我從小就喜歡做菜，就連現在早餐和午餐的便當也都是我自己做的。料理就像是數學、也有點像是化學，比起讀書有用多了。

宗輔把我叫進廚房。宗輔都叫我「海」，從一開始打工的時候就如此。大學生鬧彆扭似的看著漫畫。

「今天教你做布丁。」宗輔說，接著以單手把雞蛋打進料理碗裡。撲通、我聽見了心跳的聲音。我把宗輔提到的材料和重點，輸入到手機的記事本裡，按照宗輔的指示，先加熱牛奶、預熱烤箱。

「滿有天分的嘛。」宗輔看著我的動作說。我的耳朵漲紅。

「學校如何呢？」

「……劉海太長了。去剪掉，被老師這麼說了。」

宗輔噗地笑了出來，同時用手指輕輕地夾起我的劉海。

「的確有點長呢。要不要等等我幫你剪啊。」

「不、不用。我自己會剪。不要緊的。」不知道我的聲音是否顫抖著。心跳聲大到就要被宗輔聽見。每次打工時見面我都會這麼想。我真的喜歡宗輔。這不只是單純的喜歡，而是戀愛。和喜歡美佐子小姐的那種心情，是完全兩回事。和當時喜歡小川老師的心情是同樣的。不過，對於宗輔而言，我只是個打工的高中生，就像是年齡有些差距的弟弟一樣，不會產生戀愛的情愫。這些我都明白。宗輔還有個同居的女朋友，是個在雜貨店工作，才第一次見面就用「海」稱呼我、雖然友善卻有點隨便的人。如此近的距離反而讓我感覺難受，好累，我好累，我一邊想一邊倒入熱水，把盛裝著布丁容器的鐵盤輕輕地推進烤箱裡。

「用 150度蒸烤 40分鐘。」

「知道了。」

清脆的門鈴聲響起。有個穿著我那所高中的制服的女孩子。那張臉，或者應該說那頭過短的劉海，我有印象。是在保健室床上哭泣的女孩子，我們驚訝地看著彼此。不過，我還是若無其事地拿起水杯，走了過去。走到那個女孩子身旁時我說：

「妳跑到這裡來混的事，我不會向老師告密的。」

「……我、我也不會告訴老師，你在這裡打工的事。那個……請給我一杯熱可可。」

「好的。」

正準備離開桌子的時候，她開口說：

「……那、那個……你，是轉學到B班的人對吧？」

「嗯，從今天開始。」

「要小心喔。」

「小心什麼？」

「我是指那裡相當地麻煩。」說完她便陷入沉默。

「妳也是B班嗎？」嗯，她點頭。

「這樣啊，那麼，我們同班。我的名字是海，三點水的海。」

「我是琉璃的璃再加上子，我叫璃子。」

「妳指的麻煩是什麼？」

「就是，你的，嗯，海的事情，已經成爲班上LINE群組裡的話題了。」

璃子一邊說一邊把手上的手機轉向我。

「……是喔。」又來了、這次還眞快。和國中的時候一樣。

「說我的舉止和說話方式像女生之類的？」

「……」看來是完全說中了，璃子的嘴張得大大的。眞想把揉成一團的衛生紙塞進她的嘴裡。

「大概也就是那樣吧。」

彷彿機器人似的，璃子僵硬地點頭。

「反正在別人眼裡，我看起來就是那個樣子吧。我無所謂。啊，布丁再一下下就烤好了。要不要吃一點。先這樣。」

璃子又露出了像是在保健室裡時那種快哭的表情。關我屁事，我心想。有時候，我內心會湧現壞的念頭。我討厭那個部分的自己。

話雖如此，還是想對璃子說些什麼。「明天，學校見。」把熱可可端過去時我這麼一說，璃子馬上熱淚盈眶。眞是個愛哭鬼。

無論我何時到家，美佐子小姐回家的時間總是更晚。一個人度過的夜晚的漫長，我早已經習慣了。我站在洗臉台前、用剪刀喀嚓喀嚓地剪掉劉海。並不是基於某種原則才把劉海給留長的，劉海是長或是短，對我來說都沒差。不過好像不小心剪太短了，這讓我不經意地想起了璃子。明天，她會到學校，到B班來嗎？

隔天，當我走進教室，每個看到我的臉的人都笑了。應該是因爲劉海剪太短的緣故。也有些人看到我的臉之後大驚失色，並且立刻拿起手機。在我看不到的班上的 LINE 群組裡，我應該又成爲話題了吧。眞幼稚。不過，我不能太過顯眼。昨天的優等生、忍坐在我的斜前方，看到我的臉之後，抖動著肩膀笑了。我把舊的橡皮擦撕碎，在不被察覺下，往忍的背上扔去。

雖然我試圖和昨天一樣當個隱形人，但總有一些對轉學生感興趣的人。當我吃著自己做的三明治時，「要不要一起吃？」幾個女生一邊說，一邊把桌子拉了過來。表面上大家都帶著微笑，但只要一想到，這裡面的人說不定也會在班上的 LINE 群組裡說我的壞話，我的笑容就顯得不自然。今天，她們之所以和我一起吃午飯，也是爲了打探些什麼吧，我說。

我環顧教室，不見璃子的身影。

「那個，我肚子有點不舒服，我去保健室拿個藥。」我說完起身，旁邊的女生說：「要陪你一起去嗎？」不過我禮貌地拒絕，然後離開座位。走出人群讓我窒息的教室，我前往保健室。

經過體育館前面時，傳來男生們的聲音。體育館裡掛上網幕，擺放著桌球桌。穿著制服的男生們正在對戰。桌球眞是個激烈的運動呢。那個大腿和我的腰圍差不多粗、而且都是肌肉。邁出步伐時，鞋子摩擦地面發出「啾」的聲音，聽起來有點舒服。角落裡，整個體育館裡移動地最敏捷的那個人，是忍。不敢相信，我看著忍。老實說眞的很帥。飛濺的汗水。戴著口罩難道不會不舒服嗎，我心想，不過從口罩底下傳來的「嗯」、「喝」之類的聲音，怎麼說呢，聽起來滿性感的。

或許是注意到我的視線，忍停下了動作，走過來對我說：

「如果還沒決定好社團活動的話，要不要打桌球？而且羽田同學，你的手看起來也挺長的。」額頭上冒著汗水的忍，一邊說一邊毫不客氣地看著我的手臂。爲了擺脫那個視線，我慌張地加大聲量：

「不可能。運動我完全不行。而且我們家是單親家庭，根本沒時間參加社團活動。光是打工就很忙了。……啊，這件事請不要告訴老師。」

「……嗯，我知道了。」忍用微妙的表情點頭。明明只是陳述事實，不知爲何有一種在欺騙忍的感覺。這個人完全沒有幽默感。這是我對於忍的理解。忍的視線停留在我的劉海上。然後忍又捧腹大笑。剛剛還覺得自己在欺騙他，眞是虧大了。不過，或許忍意外是個很好聊的人，也說不定？

「那個劉海……我叔叔是開理髮廳的，早跟我說一聲的話，我可以替你安排的。」

「劉海這種東西不知不覺就會變長，一點也不重要。」我有些生氣地說。

「羽田同學跑步的速度快嗎？」

「和烏龜一樣快喔。」

「十月有繞著湖泊跑的驛傳接力，是班級之間的比賽。」

最最最討厭了。發自我內心深處。什麼運動會、球技比賽之類的，眞的很討厭那種東西。璃子應該也很討厭吧。

「然後，明天早上有練習，爲了提高班級的士氣，所有人都要參加。」

「……你是認眞的嗎？」

「如果有人沒參加的話，其他人的幹勁也會變得低落。」

所有人、大家……話都還沒聽完，我已經打從心底感到厭煩。和這種傢伙絕對不可能合得來。剛剛我居然還覺得他很帥，眞想給自己一拳。忍的眼神很認眞，看著那雙眼睛，突然感覺有些悲傷。那眼神就像對於飼主下達的任何指令都順從的柴犬一樣。我居然覺得忍有些可憐。

「……我儘量、會去啦。」我不自覺脫口而出，口罩上忍的眼睛一亮。

「太好了！」忍開心到好像要將我抱緊似的。當我匆匆離開體育館時，「一定要來喔！我等你。」忍在我背後說。我沒有回頭，只是舉起手、揮了揮。

「妳倒是說話啊。」

「妳一直不開口，是不是把我們當白痴啊。」

走出體育館，飲水處那裡有群女孩子，璃子在正中央。她垂頭喪氣地看著地面。怎麼看都不像是一群好朋友正在加深感情的樣子。一個女孩子輕輕推了一下璃子的肩膀。想都沒想，我便朝那個集團走了過去。走過去的同時我意識到，從明天開始，我將取代璃子，成爲她們的目標。所有女孩子都用一種「這個傢伙是誰」的眼神看著我。明明想要低調一點的……

「走吧。」我抓著璃子的手跑了起來。從室外走廊跑進學校，跑上樓梯，到通往屋頂的平台上。我讓璃子坐在樓梯上，然後往樓梯下看。女孩子們似乎沒有追過來。璃子在哭。像個孩子似的哭。

「發生了什麼事？」對著稍微冷靜下來的璃子，我詢問剛才的事發經過。

「她們一直都在霸凌我。她們說只要有我在，就會拖累班級之間的驛傳接力。每天午休都要對我進行特訓。」

「還眞是愚蠢。」我不屑地說。

「……因爲海同學你是轉學生，才能說出還眞是愚蠢這種話。……我爲什麼，會到這間學校來呢……」說完璃子又哭了。我束手無策，只能坐在璃子旁邊，用手撫摸她那顆小小的頭。因爲我想無論我說什麼，璃子都應該只會哭吧。

「這是怎麼一回事！」

因為忍都那樣說了，我想至少去一次驛傳的練習，所以比平常還要早出門。美佐子小姐不可置信地瞪大著眼睛，但我沒有解釋的力氣，因此只說了「要準備班上的活動……」。「你發燒了嗎？」美佐子小姐對我說，「並沒有，您儘管放心。」我一邊笑著說一邊關上門。

走進教室，忍看到我出現，以一種安心的表情微笑。我搜尋了一下，但沒有看見璃子的身影。

教室的氛圍和昨天有著微妙的差異。昨天午休有過交談的那群女孩子，似乎刻意地將我排除在視線範圍之外。果然，霸凌的矛頭轉向我了，我心想。不過，早在轉學前我就有了這樣的覺悟，而且也總比璃子成為目標要好多了。

雖說是驛傳接力的練習，也不過就是在校園的操場上跑步罷了。換上體育服，加入了練習的團體。這個城市的氣溫遠比先前居住的城市低，跑步的時候，肺的周圍會因為冰冷的空氣而收縮起來。跑在班級最前面的忍，時不時會回頭往後看，對著大家說「手要再往後方擺動一些！」、「步伐再加大！」之類。還真是辛苦呢，我一邊想一邊跑。

我自己也很清楚，我跑步的方式和其他男孩子有著很大的不同。不是用手臂或腿部施加力量踩著地面前進，更像是用手臂划動空氣，小幅度往空中跳躍似的跑步。國中時就一直被說「好娘」，就連此刻超越我的同學，也會回頭看並且嘲笑我。雖然隱藏了「本性」活著，但由於天生的運動神經的影響，我沒辦法跑得「像個男生一樣」。即便如此，反正我只會這樣子跑、你們就別理我了，我一邊這樣想一邊持續跑著。我有參加過一次練習了。我應該已經完成忍所交代的話了吧。在側腹不會疼痛的前提下，我慢慢地跑著。

放學後，忍大聲地說：「明天的練習也不要遲到喔！」那個人到底在想些什麼。完全無法理解。好幾個同學看了我，然後以眼神相互示意。關於我的話題（八成是我獨特的跑步方式），今天也會在班上的 LINE 群組裡引起熱烈討論吧。

出了校門，我把口罩拉到下巴，深深地吸了一口氣。教室裡稀薄的空氣令人窒息。針對自己的霸凌要開始前總是這樣。轉學過來也才一轉眼的時間而已，我心想，同時更加下定決心，不要洩漏出自己的「本性」來過日子，我走下坡道，朝著打工的地點前進。順著坡道往下時，左手邊可以看見一座巨大的湖泊。從這裡看過去彷彿就像一片海洋。驛傳接力是繞著這座湖泊跑的，一想到這個心情就變得憂鬱，因此我決定不去想驛傳接力的事情。聽說這座湖泊冬天時會結冰。看著平穩的水面，要是這裡結冰的話、應該可以滑冰吧，我想。和宗輔手牽著手滑冰，這樣的妄想讓我感到愉快。

「海同學！海同學！」背後傳來聲音，回過頭一看是璃子。璃子往這裡跑了過來。短短的劉海被風吹起，整個額頭都露了出來。好像動畫裡的幼兒，我心想。璃子停在我面前，肩膀上下地喘氣。今天一整天，我在教室裡都沒有看到璃子，是待在保健室裡嗎。璃子向我發問：

「今天，你去了嗎？練習。」

「明天不會再去了，眞是蠢到不行。是因爲長岡拜託我才去一次的。」

「那個……這個，有人傳到我的手機裡。」

璃子膽怯地遞出手機，把照片放大給我看。那是昨天、我撫摸著璃子的頭的照片。這種照片究竟是誰拍的，眞是個謎。

「呃。」從奇怪的部位發出了奇怪的聲音。就在此時，我不經意地把手插進了制服口袋，發現裡面有東西。我把它抓了出來，是一張摺成四等分的紙。打開一看是另一張照片。

「這實在太蠢了！」我把紙揉成一團往湖泊的方向丟去，卻被風勢吹了回來。我追了上去，再度用力地把它揉成一團。氣急敗壞的我抓起了璃子握在手上的手機。當我舉起手，作勢要把手機丟進湖泊裡時，「快住手！」璃子慌張地抓住我的手。

「我不會眞的丟出去啦，這麼貴的東西。更何況，這是璃子的手機。哈哈哈哈。」我試圖笑著帶過，卻笑不太出來。璃子又是一臉快要哭出來的表情。有種欺負了璃子的感覺，「對不起……」我不禁開口道歉。璃子平靜了下來、鬆開了我的手。

現在這個情況，不論是誰看到，都像是班上公認可以當作霸凌目標的兩個人，正在打情罵俏吧。

「不過該怎麼說……海同學很堅強呢。」

「妳眞的……這麼認爲嗎？」

「……對不起。」這次換成璃子道歉。

璃子的眉毛像美佐子小姐一樣呈八字形下垂。風吹了過來，充滿著濃厚的冬日氣息，我顫抖著身子說。

「去打工的地方，我請妳喝熱可可吧。」聽到我這麼說，璃子的眼睛終於笑了。我跑了起來，璃子也露出整個額頭，急忙地跟了上來。雖然我沒有妹妹，不過如果有的話，大概就像是這樣吧，我想。雖然是同班同學，不過我用滾的衝下坡道。

那是在打工結束後，我去車站前營業到很晚的超市的時候。大量的學生從知名補習班的出入口湧出。其中一個人看著我，舉起了手。那是忍。

雖然完全沒有打算一起回家，不過也許忍的家也在同一個方向，我們並肩走上坡道。其他的學生逐漸減少，只剩下我和忍走在路上。

青蔥從我的環保袋裡露出來。我感覺到忍眼睛裡的笑意。

「有什麼好笑的。這是明天煮味噌湯要用的。」

「抱歉……你都是自己做飯嗎？」

「早餐和午餐也是。美佐子小姐，啊！我是說我媽，她的工作很忙啦。」

打工已經夠累了，我實在沒有餘力向忍說明美佐子小姐和我之間的關係。

「……那個要不要我幫你拿。」沉默了一會後，忍開口說。

「這個很重，不用啦。」

「不，我來拿吧。」

搞得好像小吵架似的，兩個人的手同時放開了環保袋，裡頭的幾樣東西散落到路面上。急忙把小黃瓜和檸檬撿回袋子裡，不過來不及撿蘋果。三顆紅色的蘋果沿著坡道滾下去。我和忍把東西放在原地，急忙去追蘋果。忍果然還是跑得比我快，手裡抱著三顆蘋果朝我的方向走來。也許是很難受吧，忍把口罩拉到下巴，上氣不接下氣地喘著。感覺上這好像是我第一次清楚地看到他的臉。皮膚又白又薄。低垂著的眼皮上，細小的血管清晰可見。不過於搶戲的鼻子，下方的嘴唇乾燥而龜裂。旁邊的小痣，更加突顯出皮膚的白皙。我並不討厭這張臉，我想，這張臉應該很受歡迎吧，我同時這麼想。

「謝謝。」我說。「嗯。」他把蘋果交到我的手中。那個瞬間，忍的指尖觸碰到我的手。好熱。外面明明這麼冷，卻害他使盡全力奔跑，我覺得有些內疚。

「不好意思耶。」我這麼一說，忍的眼睛附近泛起了紅暈。即便在黑暗中，依然可以清楚地看見。

「上補習班，很辛苦吧。加上社團活動和驛傳接力的練習。」

「……不得不努力啊。」

「……偶爾偷懶一下也沒關係吧？」

「……」

「這個給你。」我遞給他一顆蘋果，雖然忍好幾次搖頭拒絕，終究敵不過我說的話而接受了。忍把那顆蘋果像什麼珍貴的寶物似的收進了書包裡。「再見啦。」到了下個轉角，忍揮手對我說。街燈將陰影灑落在忍的臉上。那張臉讓忍看起來像個年長很多的少年似的。好一會兒，我站在原地，目送忍的背影。想起忍全速追趕背上的書包裡的紅蘋果時，那個慌張的模樣實在太有趣，我一個人在黑暗裡無聲地笑了出來。

「你爲什麼沒有來！」

隔天起，無論忍對我說了幾次，我都不打算再去驛傳接力的練習了。管它班級的士氣，或是什麼低落了，反正對我來說都沒差。正式比賽原本也想放棄的，但爲了湊齊人數，男生一個也逃不掉。得知這一點時，打從心底感到厭煩。不過，總而言之，我決定只要跑完規定好的區間（用走的也行），把接力帶交給下一個人就行了。

當天，璃子沒有出現。那傢伙還眞是狡猾，不過，會這麼想的我，彷彿是班上的「一員」似的，想來覺得有點討厭。只不過是參加個接力賽而已。

幸運的是，我跑的區間是湖邊的山路，沿途沒有替我加油的老師或同學，可以按照自己的步調來跑，讓我鬆了一口氣。我的前一棒是忍。拿到接力帶後，只要前往下一個中繼地點就可以了。和其他班的學生一起等待時，從山坡那裡看見了忍的身影。他以相當快的速度跑著。到底是爲了什麼要如此努力，一想到這個，我不禁又悲傷了起來。

忍所相信的世界——。班上的所有人都會有相同的心情，忍如此相信著。

不是由自己、而是根據某個人的評價，所有人認定的「普通」都相同的前提下成立的世界。「普通」的價值觀，明明是時常在流動的，爲什麼大家都沒有意識到這件事呢……。

此時，忍摔了一大跤。與其說是被什麼東西絆倒，更像是被自己的腳絆住而摔倒，忍雖然立刻站了起來，但膝蓋附近流著血，左腳也只能拖行。即便如此，忍還是拖著腳往這裡走來。

「喂喂喂喂。你還好嗎？」

忍痛到眼睛都歪了。我急忙跑過去、伸出了手，忍便直接蹲坐在原地。

「拿著這個快跑。」

忍取下接力帶交給我。

「現在，那個是重點嗎——！」

我無法將痛到表情扭曲的忍丟著不管。我立即轉過身蹲在忍的前面。

「待在這裡等或許老師會來，不過也不知道什麼時候才會來對吧，快上來吧。」

說完我便蹲在那裡等，但忍一直不肯到我背上來。明明我的背一點也不髒。

「快一點啦！」

我忍不住怒吼。說不定是我生平第一次發出這樣的聲音。

忍畏畏縮縮地爬上我的背。手有些矜持地環繞我的脖子。忍身體的重量讓我的腰感到一股沉重。那股重量好像陷入了我的腰裡。不過，我還是往前邁進。忍平坦的胸膛和我的背貼在一起，彷彿兩支以相同方向疊起來的湯匙。我果然還是喜歡男生的身體。脖子可以感受到忍溫熱的氣息。背上的忍該不會是在哭吧，想到便覺得可怕，所以不敢回頭看。

有幾個學生超越了我們兩個人。

「已經不要緊了。」忍從我的背上滑了下來。附近沒有任何人。我的背突然感到一陣涼意。忍的眼鏡起了霧，在那深處的眼睛果然是紅的。是自尊心受損，還是覺得自己不中用之類的。他是不是在想著這樣的事情。我無法想像忍的大腦迴路。這個世界比你想得大多了，那種事情不用在意之類的。我想對他說些什麼，但又覺得不管說什麼都不對。我沒有好好地說好話的自信。我的腦子一片混亂，還沒想就行動了。

我把自己的口罩拉到下巴，然後拉下忍的口罩，往他的臉頰親了下去。忍瞪大了眼睛，用力推開我的身體。但是我再次靠近忍，只那麼一瞬間，我輕輕觸碰了他的嘴唇。那並不是代表喜歡，或是愛的親吻，而是爲了讓忍打起精神來，最重要的是，此時此刻的我想要觸碰忍。被討人厭的我親吻這種事，或許無法讓忍恢復元氣，不過我想要讓忍知道，這裡有個擔心著他的人。明明我百般不想洩漏自己的「本性」……。可是，我就是忍不住。

忍呆呆地站在那裡，用手指著我，嘴巴如同金魚似的動著。雖然我對忍沒有那個意思，不過親到了嘴唇上，讓我有種成爲加害者的感覺。

「喂——！」此時，遠方傳來老師和車子的聲音。紅色的輕型汽車開了過來，停在我們旁邊。

「長岡的腳好像扭到了。」我這麼一說，「那麼，上車吧。你！給我跑完喔。」老師一邊說，一邊打開副駕駛座的車門。

載著忍的車子在視線裡逐漸變小。我一邊回想著忍的嘴唇的觸感，一邊以行走般的速度跑著。那是我的初吻，照道理說，是要和喜歡的人做的事情才對……這麼說來，我是討厭忍嗎，或者是說……。我的大腦開始混亂。

如果是討厭的人，不可能會想要親他的嘴唇。這麼說的話，我對忍是有一絲好感的……可是，這種感情是何時在我的心中萌芽的呢？

在中繼地點等待的同班同學正生氣地揮舞著手。

「你這傢伙，到底爲什麼跑得這麼慢！」從我手中搶過接力帶後，便以飛快的速度跑走了。不過他的努力終究是一場徒勞。我們班是同年級裡的最後一名。不意外地，這一切都變成是我的錯。只要走進教室，每個人都在瞪我。

「都是你的錯！」、「戰犯羽田！」還會聽到這種聲音。不過我並沒有反駁，起身去了洗手間。「不是，不是這樣的，都是因爲我中途扭傷了腳。羽田同學並沒有錯。」雖然忍如此替我說話，不過我的腦子裡現在沒空理會那些，況且那就如同想要用勺子的水去撲滅大火一樣。

「長岡同學才沒有錯！」忍的聲音淹沒在一個女生的高聲喊叫裡。以低級演技構成的對手戲，我打從心底感到厭煩。如果大家想把我當成壞人的話，那就這樣吧。如果這樣就能提振班上的「士氣」的話。

從那天起，對我粗言穢語的紙條、放大輸出的低級情色照片等，塞滿了我的桌子、口袋以及鞋櫃。我不會細看那些紙，而是一邊將它揉成一團、一邊思考著人類的惡意。因爲我是轉學生嗎？因爲我像個女生嗎？因爲我的錯而輸掉驛傳接力比賽的事只不過是個契機罷了，只要有和「普通」不同的部分存在，理由什麼的都不重要了吧。不過，這種惡意的對待我早就已經習慣了。只是打發時間罷了。對我來說，最無法理解的，是沒有去對別人說，也沒有直接來找我說任何話的忍。

那天之後，我也常在學校裡和忍對到眼。每次交會時，忍看著我的那個瞬間，眼神似乎想要說些什麼，卻又馬上移開視線。眞的很抱歉。對於那天我衝動的行爲，打從心底想要道歉。可是，我沒有辦法主動開口。對忍來說，那天發生的事情應該是想要帶進墳墓裡的秘密吧。忍是有女朋友的。忍一定覺得我很噁心吧。那天的事情我也沒有告訴璃子。

然而，我在腦海裡反覆重播著那天的情景。對於這樣的自己感到既噁心又厭惡。忍貼在我背上時的溫暖。乾燥的嘴唇的觸感。如同栗子般圓滾滾的咖啡色眼睛。只要一想到，就彷彿自己的某個部分被撕扯似的。

璃子一如既往，待在保健室裡的時間比在教室裡還要長，但或許是教室裡有了我讓她感到安心，上課時間坐在自己位子上的時間一點一滴地變多了。也會來我打工的地方喝熱可可，有時還會吃我做的布丁。不只是我，璃子也會收到上頭寫著我和璃子正在交往之類的紙條或訊息，不過，我在璃子面前說眞是無聊，並且把它揉成一團後，璃子看起來似乎也不再介意了。比起這個，驛傳接力賽那天的事情，和忍之間發生的事情，要是被某個人知道並且拿來戲謔的話，對我來說更加討厭。

璃子經常在我打工的地方看書。雖說是書，絕大多數其實是BL漫畫。從璃子背後經過的時候不小心看到的。我也知道，當我和宗輔笑著交談時，璃子總是遠遠地看著。

打工比較早結束的時候，我會和璃子一起回家。「和女朋友感情不錯喔。」宗輔會如此開玩笑，「不是你想的那樣！」而我會堅決地否認。璃子則靜靜地看著這樣的宗輔和我。但是，像這樣和某個人的關係被拿來開玩笑、璃子那自以爲了解一切的眼神、璃子在讀的BL，這些我都討厭。不過，因爲這是璃子重要的興趣，所以我尊重她。

有一次，一起從店裡回家時，璃子想把書放進包包裡，卻不小心掉到地上。我把書撿起來，順手翻了翻。書裡充滿了有著漂亮臉蛋的男生之間親吻的畫面。那一天，和忍之間發生的事情，在我的腦子裡自動重播。

「……好噁。」

璃子從不經意脫口說出這句話的我手中，把書搶了過去，匆匆收進包包裡。璃子將圍巾在脖子上繞了好幾圈、然後飛也似的跑出了店外。我跟在璃子後頭。

「那個，對不起。我這樣，很噁心對吧。真的很對不起。」

「不是的……我指的不是那本書，是我自己。」

「什麼意思。」

「璃子一點也不噁心喔。雖然我不是很喜歡那本書、或是那種事情。我喜歡男生，這件事情璃子應該早就察覺了吧。宗輔，我確實喜歡過他。」

圍巾裡的璃子微微點頭，抬頭看著我說：

「喜歡過？」

「我呢……」

「嗯。」

「我可能喜歡上長岡了。」

「是喔。可是，長岡同學不是有女朋……」

「所以說，已經注定失戀了啦。太難過了。」

璃子像是下定決心似的，用前所未見的堅定語氣說：

「那個，我，不會拿海同學和長岡同學的事情來開玩笑的。這件事情我不會告訴任何人。」

「……不要把它幻想成BL。」

「才不會。但是，因爲有這種書中的世界，我才能活下去也說不定。這種世界是我唯一的救贖。我不會用異樣眼光看待海同學的，你放心。不過呢，海同學和長岡同學，我覺得兩個人非常配的說。」

我模仿用手擦著眼淚的動作。

「少在那邊假哭！」璃子輕輕地拍打著我的背。一點也不會痛。

打工結束能和璃子一起回家的時候，我都會送她穿過大馬路，到通往璃子家的三叉路口。

「啊。」璃子停下了腳步。

「那個人，是長岡同學的父親。」

璃子指著一張上面有著中年大叔上半身特寫的海報說。拳頭緊握在胸前。眼睛的部分和忍有些相似，不過我覺得還是忍比較好看。政黨名稱和市議員等文字大大地寫在上面。總覺得和這位大叔完全合不來，我撿起路上的小石頭，往海報丟過去。璃子尖叫了一聲，往她家的方向跑去。

「不可以這樣做啦！明天見！」

這好像是我第一次聽到璃子說「明天見」。

璃子走了之後，對著忍的父親的海報，我看了一會兒。

上課以外的時間，我還是盡可能地不待在教室裡，每天在通往屋頂的階梯上、保健室、體育館後面度過。感覺自己就好像棲息在照不到日光的地方的青苔一樣，不過爲了在名爲學校的地方生存，這也是沒辦法的事。正當我在體育館後面喝著紙盒裝的咖啡牛奶時，聽見某處傳來女孩子尖銳的聲音。我把頭探出牆外，看見忍和他的女朋友沙織面對面站著。只有沙織單方面在說著什麼。

雖然聽不到談話的內容，不過「驛傳那天」這幾個字傳進我的耳朵，我的身體抽動了一下。

當天晚上，忍突然來到我打工的地方。我緊張到全身僵硬，走向忍的桌位確認點單。走近時發現忍的眼睛通紅。

「……請給我咖啡。」他說。

「好的。一杯咖啡。」正當我準備離開時，忍繼續說道：

「那、那個，打工結束後你有空嗎？」

「可是我要七點過後才會結束耶。家裡的人不會擔心嗎？」我一邊說，腦中一邊浮現之前在三叉路口看到的，忍的父親的臉。時間剛過晚上六點。忍把教科書和筆記攤開在桌上，開始讀書。忍眞的就這樣在店裡待到了七點。宗輔替我把員工餐裝進保鮮盒裡後，兩個人默默地離開店裡。

到底想要說什麼呢。忍一句話也不說。越過車站，朝著通往湖泊的那條路的方向走。應該是想找一個不會被任何人看見的地方吧，我想。這個城市的冬天似乎來得比較早。已經是只穿薄外套的話會感覺冷的深秋了。湖水像墨水一樣黑，寂靜地不發一語。無法繼續忍受沉默的我開了口。

「……驛傳接力那天的事情讓你覺得很不舒服吧。」

「……」

「……我的存在讓你感到不開心吧。和班上其他人一樣……這種事我已經很習慣了，其實你不用特地跑來跟我說。」

「……」

「驛傳接力的時候，做了那樣的事情，我向你道歉。眞的很對不起。……不過我是因爲想那樣做才做的。雖然做了那樣的事情沒資格說這種話，但我完全沒有開玩笑的意思。」

「……我。」

「嗯？」

「搞不好……」

「嗯。」

「對於羽田。」

「……」

「喜歡上羽田了也說不定。」

話說完回過頭來的忍，眼睛好像發燒了似的。那種眼神我很清楚。那是我看小川老師的眼神、看宗輔的眼神。那是愛上了某個人的眼神。

這是我出生以來第一次被告白，說眞的，那種衝擊就好像雷打在頭頂上一樣貫穿全身。可是，可是……。

忍有個叫沙織的女朋友。絕對是輕微的意亂情迷。

「因、因爲我做了那樣的事情，你才會被左右的。在情感上。在眞正的戀愛之前，喜歡上相同性別的人，這種事很常見吧。無論男生或女生都是。長岡也有個叫做沙織的女朋友不是嗎？班委會長喜歡男生，這種事情在那間學校、那個班級裡，可是絕佳的八卦話題。你還是在普通的世界、普通地生活比較好吧。」

話還沒說完，先聽見啪的一聲，接著才意識到自己被忍呼了一巴掌。

「好痛！」

「你竟然說出這種話。你知道從那天之後，我思考了多少事情嗎。你所謂的普通是什麼？對於那樣的世界，我已經厭煩到極限了，你不是應該能理解才對嗎？」

我也不甘示弱地回應。

「我的心情，你不可能會懂的。我每天在那間學校裡如同空氣般地活著。這種事情你做得到嗎？身爲班委會長、優等生、深受大家信賴的你，還可以普通地生活下去！被大家疏遠的人，只要我一個就足夠了吧。我不希望你也有相同的遭遇。」

說話的同時，有什麼東西啪嗒啪嗒地從我的眼睛裡掉落，過了一會兒我才意識到是眼淚。忍抓住我的手臂。說實話，我眞想就這樣撲進忍的懷裡，但即便是如此人跡罕至的湖邊，在這個小城市裡，也不知道會不會有誰正在看著。與其說是對視，我們更像是正在瞪著彼此。如果有人看到，一定會以爲是兩個高中生正準備打架吧。我害怕到無法繼續看著忍的眼睛。

或許會和上次一樣，衝動地親吻忍的嘴唇也說不定。明明忍沒有那個意思，全因我的衝動而那麼做，我已經不想再這樣子了。我慢慢地往後退，從忍的眼前離開。一個轉身，我快速地跑上坡道。我有種預感，和忍之間的事情，不會只是我們兩個人的事情這麼單純，而是會被捲入某種巨大的未知裡。

我無所謂。可是，我不希望忍受到傷害。搞什麼，原來我是眞的喜歡忍啊。不過，我卻沒能把這句話說出口。鼻子一陣發酸，我全速奔向那個美佐子小姐還沒回來，空無一人的黑暗公寓。

隔天，當我走進教室時，感覺到好幾位同學以窺視的眼神看著我。發生了什麼事嗎……。總覺得有點不舒服。後來眞的覺得不太舒服的我，逃進了保健室。在我脫掉室內鞋，正準備鑽進棉被裡時，旁邊的簾子打開，璃子露出臉來，告訴我事情的全貌。忍把沙織甩掉了，原因是他有了其他喜歡的人。事情的詳細經過，從沙織傳到班上的 LINE 群組，然後擴散到全校。

「喜、喜、喜歡的那個人是。」我的聲音顫抖。璃子用短短的手指指著我。

「……」

「沒錯，就是海同學。」

「……」

說我像女孩子一樣、說我搞不好是 GAY 之類的謠言，隨便傳傳也就罷了。可是，一旦忍表明了喜歡我的這件事（正確地說是那個叫沙織的女生到處去說），在這間學校、在這個小城市裡，無論是我還是忍，都將無處可逃。謠言不只在學生之間蔓延。就連船場老師，看見我的時候也會不知所以的笑著點頭。

走廊上遇見的好幾位老師也是一樣。

我不再是那個懶惰、不愛學習，如同「空氣」般的存在，而是像被以大紅色的油漆，在全身上下寫著「LGBTQ+」、「這孩子是GAY、心思細膩，需要特別留心對待」等文字。

由於擔心忍的情況，我從保健室返回教室，當我回到座位上時，「你，喜歡男生喔？」坐在我前面的男生問。見我沉默不語，「你可不要喜歡上我喔。」他露出下流的笑容說道。我忍住了嘆氣。坐在位子上，我看著斜前方忍的背影。看起來像是在拚命地忍耐著什麼。我還是不知道他在想什麼。

在這間學校裡，我和忍應該無法好好說上話了，我想。

教室裡的溫度絕對變高了。在這間狹小的教室裡，有兩個正在談戀愛的男生，這樣的事實明顯地讓其他的學生感到興奮。其中一個是身爲優等生的忍，讓整個情況變得更糟。休息時間，女同學們聚集在忍的周圍，不知從何處傳來帶著情慾的聲音。「我們班上有這樣的傢伙？」我的桌子同樣被好幾位同學包圍。

對於過往在這間教室裡如同「空氣」般活著的我而言，除了痛苦之外，找不到其他形容詞。

眞的有這麼稀奇嗎。男生喜歡男生。即便如此，面對這些同學，「我就是喜歡忍。」這樣的話，我也沒有說出口的勇氣。我喜歡男生、我喜歡忍，還沒有準備好被大家知道的那個人是我。軟弱的我無法做出這樣的宣言。我也明白這些都傷害到了忍。這天，我和忍在學校裡完全沒有交談。

隔天傍晚，忍出現在我打工的地方。和上次一樣，把教科書和筆記攤開在桌面上，靜靜地讀起書來。我在打工的事情，忍會來這裡的事情，雖然班上的同學們還沒有發現，但我想只是時間早晚的問題。忍一直等到我打工結束，然後我們兩個人一起離開。人多的車站方向果然還是不好走，於是我們又沿著湖邊的小路走著。有好一段時間，兩個人什麼也沒說。雖然幾乎要碰觸到，但我沒有握住那雙手。吐出的氣息呈現淡淡的白色。

「如果被家裡的人知道了，不會很麻煩嗎？」以這句話作爲開場白的我，一邊說一邊覺得自己很可悲。

「……已經被知道了。父親雖然可以理解我，但他希望不要讓周圍的人知道。」

已經太遲了嗎。光是今天一天，我和忍的八卦，究竟在學校裡散播到什麼程度呢。我想起海報上忍的父親的臉。「不要讓周圍的人知道。」會說出這種話的人，我不認為他能夠理解兩個男生之間的戀愛。我希望忍盡可能地不要受到傷害。耀眼的優等生形象很適合忍。沒有必要像我一樣成為「空氣」，在學校，在這個城市裡，被人在背後指指點點的人，只要我一個就夠了。因為這些事情，我早就習以為常了。

我沉重地說：

「……非得出櫃不可嗎。其他人就算沒有大聲宣告，不也活得好好的嗎。我就是我，不大聲地告訴周圍的人，這樣活下去難道不行嗎？」

口罩上忍的眼睛注視著我。忍的眼睛彷彿一片漆黑的洞穴。忍一定是下定決心向沙織表明自己的心意。同時也抱持著相當程度的覺悟。被突如其來的一切擊潰的人是我。忍沒有回話。這反而讓我掉進了自我嫌惡的漩渦。忍注視著我一段時間，然後用彷彿風從耳邊吹過般的微弱聲音說道：

「……我的勇氣太過天馬行空了是嗎？」

忍低下頭。才不是這樣，想要這麼說的我抓住了忍的手臂。

「我們，一起去東京吧。一出門就會遇到熟人，待在這種小城市裡，我們兩個人都會喘不過氣的。東京有很多像我們這樣的人吧。不會有人在背後指指點點，或是說壞話。兩個人一起去東京吧，好不好。快點，我們來打勾勾。」

我伸出了小指。有好一段時間，我的小指彷彿漂浮在宇宙似的豎立在黑暗中。忍看著我的眼睛。過了許久，像是下定決心一般，忍的小指勾住了我的指頭。

隔天是週六，美佐子小姐這天不用上班。我做了早餐，過了一陣子，美佐子小姐像是剛剛結束冬眠的熊一樣緩緩地走了過來，我在她的馬克杯裡倒了咖啡。

「那個，我在想，搬去東京住。」

「什麼！現在嗎？」美佐子小姐的嘴從馬克杯上移開，用奇怪的聲音說。

「不是不是。我是說高中畢業之後。」我趕緊接著說。

「就算要去上大學或是專科學校，學費的部分我也會自己想辦法。不想再給美佐子小姐添麻煩了。」

「……添麻煩。」美佐子小姐說完，凝望著我的眼睛。那個眼神的堅韌讓我感到有些害怕，我撇開視線、在吐司上抹開果醬。

「我說，我一點也不覺得被麻煩，如果海想要那麼做，我也會支持你……」海發生了什麼事情嗎？不會這麼問，正是美佐子小姐的優點。不過，這也說不定是因爲，我和美佐子小姐沒有血緣關係的緣故。

再過兩年，我就能熬過高中。然後和忍一起去東京。這也意味著，再過兩年，和美佐子小姐的生活就會結束。一想到這裡，眼角不禁泛淚，詫異的我眼睛用力地盯著桌上籃子裡的紅蘋果。那天，忍替我撿起的蘋果，我一直捨不得吃掉。美佐子小姐可以獲得自由。我也能獲得自由。這個選擇沒有錯，我半強迫著自己如此相信。

第2話

美佐子

「那個，我想搬去東京住。」

海高一那年冬天對我這麼說。在那之後的兩年裡，那句話無數次在我腦海裡迴響。

一邊做著事務工作、一邊使勁地按著計算機。

停下動作，把雙手放在桌邊的電暖器上。只有手掌感受到溫暖，從腳底竄起的刺骨寒意讓我全身發抖。

我上班的地方是將這一帶自產自銷的蔬菜運送至全國的公司，設置有辦公桌的事務所空間，是五坪左右的組合屋。

配送員和業務部的人全都外出了，事務所裡只有我一個人。我把從早上就戴著的口罩拉到下巴，放空地盯著長出死皮的指尖。

「不想再給美佐子小姐添麻煩了。」海說。

聽到海這麼說，「那個，也就是說，我和海的生活要結束了？」、「添麻煩是什麼意思？」雖然心裡浮現出好幾句話，但是我卻無法質問海之所以突然說這些話的真正含意。

如果是親人的話，這種時候會坦率地感到高興嗎？這樣的想法在我心裡閃過。下意識的撕掉手指上的死皮，伴隨著輕微的疼痛，薄薄的一層血滲了出來。重新面向桌子，再次按起計算機。唉——從肺部的深處發出長長的嘆息。

「哎呀，羽田小姐。妳還在啊。今天可以下班了。接下來還有工作，不是嗎？」

所長突然打開事務所的窗戶對我說。

她是年紀比我大十歲左右的女性，原本是個家庭主婦，後來成立了這間公司。

曾經離過婚的她，在知道我是單親媽媽後，總是特別地關照我。

「妳還眞是努力工作呢。小心不要搞壞身體了。」

她一邊說，一邊用掛在肩膀上的白色毛巾粗魯地擦著臉和頭。

「啊，已經開始下了啊。」我一邊收拾著桌面一邊說。

「沒事，小雨小雨。雖然應該很快就停了，不過開車去工廠的路上還是要注意安全。要是再冷一點，也有可能變成雨夾雪，視線就會變得更差呢。」

「我知道了。謝謝。辛苦了。」

「好，妳也辛苦了。」

我向所長點頭，離開事務所，往停車場的方向走去。吐出來的氣息是白色的。瀝青被雨水染成了黑色。我坐進駕駛座，發動了車子。

我沿著蜿蜒的道路小心地行駛。距離下一個工作地點，蛋糕工廠的夜班還有一些時間。把車子停在相同的便利商店的停車場。

午餐和晚餐，我都是隨便吃個早上做的三明治。打開鋁箔紙用手指一摸，三明治已經完全硬掉了。保溫瓶裡應該剩下一點熱咖啡，但我不想喝？也沒有食慾。

我用手指在托特包裡找了找。

不知道從何時開始就一直放在包包裡的未開封的礦泉水，我扭開寶特瓶的瓶蓋。喝下水的那個瞬間，眼淚奪眶而出。

就連我自己也沒有預料到，我慌忙地咬緊後排的牙齒，強忍著情緒。

明年春天，海就要到東京去了。即便是有血緣關係的親子，也不可能永遠待在父母親的身邊。這些道理我明明都懂，浮現在腦海裡的卻是剛遇見海時他的模樣。

那是六歲時的海。

身形瘦小，眼睛特別引人注目的孩子。無論何時都要帶著自己取名爲可蘿的娃娃。和海一起生活已經十二年了。十二年來，讓我有機會扮演母親的角色。不，也才不過十二年而已。

在日常生活的縫隙，在不經意的瞬間，和海的回憶總會浮現，然後消失。這個樣子，豈不是和過分執著於孩子人生的有害父母沒有兩樣嗎？

我用衛生紙擤鼻子，耳朵吱地一聲塞住了。

如此一來，就能卸下父母親的職責，得到自由，我也這麼想過。

也沒有必要再像現在這樣，爲了維持和海的生活，拚命地做兩份工作了。

想到這裡，我覺得還是得提供一些錢給在東京的海才對。海說生活費會靠打工去解決。可是，讓海獨自承擔這一切是不對的。我還能工作。在海從想讀的專科學校畢業以前，設法減輕他的負擔，不就是我的職責嗎？這麼一想，就覺得自己還可以再扮演一陣子海的母親的角色。

回想自己的人生。我的父母親是在什麼時候放手的呢？

無論是讀大學還是出社會工作，我都一直住在老家裡。我是個無法離開父母親的孩子也說不定，當我對母親說：「我決定要照顧海，成爲他的母親。」或許就是那個時間點吧。

母親癌症纏身，在三年前過世了。

「哎呀！這孩子還眞是可愛。」

表面上母親十分疼愛著海，不過在我看來，海和母親之間，果然還是有道填不滿的溝。

我再擤了一次鼻子，然後發動車子。

蛋糕工廠透出的燈光，從遙遠的前方出現。

與海的父親，綠亮的相遇，是在我離開老家，第一次一個人住的時候，那年我三十九歲。

當時搬去的那個城市，家庭式餐廳沿著國道並排，再過去是大型購物中心，遠方則是積雪的群山。遠離國道的地方，則是一片片的果園和稻田。是個在日本隨處可見的地方城市。

願意雇用我的印刷公司位於國道沿線上，我的公寓則正好位在公司和購物中心的正中間。

那個時候，綠亮在出租影印機的公司工作。爲了檢修我公司裡的影印機，綠亮三不五時會出現，我們也因此會聊上幾句。話雖如此，對我來說，也不過是個偶爾會來公司的影印機廠商的人罷了。

「其實，我是個單親爸爸。」

明明也沒有人問，綠亮卻一開始就這麼說。不過他似乎也知道，說了之後周圍的人會有什麼樣的反應。

「哇！好厲害呢。」

「一個男人能做到還眞了不起。」

雖然女性們都給出善意的回應，我看著那些女性，無法認同的心想，這也太簡單了吧！我是不知道他發生了什麼事情，不過既然是單親爸爸，一個人養育孩子也是理所當然的事情吧。

「不好意思。我要去幼兒園接小孩了。」

無論公司的影印機發生多麼嚴重的問題，下午六點一到，綠亮就會放下工作準備離開。如果有個還在幼兒園的小孩，也是沒辦法的事，這點我能理解，但那天我的工作已經接近交件的最後期限。因此我擋下了正準備離開公司的綠亮。

「不行，你今天就這樣走掉的話，我會很困擾的。」

「可是，我的小孩。」

雖然他這麼說，但我可沒打算讓步。

「這樣吧，請你立刻去把他接過來這裡。在你修理影印機的期間，我會幫你看小孩。」

「…………」綠亮像個孩子似的嘟著嘴走了出去。

「我先下班了。」

「辛苦了。」

公司的人一個接著一個下班了。我的部門除了我以外，其他人都走了。過了一陣子，綠亮回來了。

跟著他回來的是個女孩子。皮膚白皙、留著復古的蘑菇頭髮型。粉紅色的大學T和圓點的長褲相當適合她。她牽著綠亮的手，在公司裡四處張望。

「馬上就好了。你在那裡等一下。」

綠亮一邊說、一邊打開影印機的蓋子，把臉埋了進去。我和綠亮的小孩，一起坐在看得見影印機的沙發上等待。

活到這把年紀，我從來沒有和這麼小的孩子有過深度接觸。

無論是我妹生孩子的時候，還是遇見長大後的那些孩子的時候，我都只是提心吊膽地遠遠看著。綠亮的孩子把手放在膝蓋上，就只是凝望著修理影印機的綠亮。

是不是做些什麼比較好呢，雖然內心這麼想，不過要怎麼做，這個年紀的孩子才會開心，我完全無法想像。

沒辦法了，我用手邊漂亮的紙來嘗試折紙。話雖如此，我也只會折紙鶴。綠亮的孩子用小小的手指，試圖模仿我的動作。做不來的地方就由我加以協助。就在拉開翅膀，正要往紙鶴腹部上的小洞吹氣的時候。

咕嚕嚕嚕嚕，微弱的聲音傳了出來。綠亮的孩子的肚子在叫。已經快要晚上七點了。正常來說是晚飯時間。勉強身爲單親爸爸的綠亮，在工作時間以外來修理的人是我。罪惡感刺痛了我。我向綠亮詢問：

「大概，還要再多久時間？」

「不曉得，還要一陣子吧。」

綠亮的額頭因汗水而發光。搞什麼嘛！我心裡有些憤怒地想著，向附近的拉麵店點了兩份炒飯外送。炒飯來的比我預期的還要快，聞到味道的綠亮停下了手邊的工作。

「請你先繼續修理！小孩子我來餵就好！」

「又不是小嬰兒！他可以自己一個人吃！」綠亮大喊。

我忽略那個聲音，取下炒飯上的保鮮膜，心想調羹應該不太好使用吧，於是我去茶水間拿了小湯匙過來。我在玻璃杯裡倒了麥茶，把湯匙交給那個孩子，但孩子卻沒有開始吃炒飯的打算。

「怎麼了？不用介意趕快吃吧。」聽見我這麼說，

「可是爸爸……爸爸還沒有。」孩子小聲地說。妳看吧，綠亮用那種表情

看著我。當時雖然我覺得綠亮看起來很討人厭，不過孩子倒是很可愛。

「那，那麼，你們兩個人一起吃吧。」

「太好了！」綠亮像個孩子似的叫著，坐到了孩子身邊。

「我開動了。」綠亮的孩子雙手合十說完後，綠亮接著說。到底誰才是父母親啊。

孩子還是沒有打算開始吃。

「沒關係的，快吃。」我說。

「那個……大姐姐妳呢？」孩子抬頭看著我。大姐姐，被這麼叫說實話有點開心。

「姐姐回家之後再吃就好。來、吃吧吃吧。那個，你叫什麼名字呢？」

「海，大海的海。」

嘴巴塞滿炒飯的綠亮回答。

「小海。快吃吧。肚子餓了，不多吃一點的話不行喔。」

雖然我這麼說，小海卻把用湯匙舀起的炒飯往我的嘴邊送。由於拿著湯匙的手一動也不動，無可奈何之下，我只好假裝做出吃的動作。

「啊姆啊姆，好——好吃喔。大姐姐吃得好飽喔。」

我像是在玩扮家家酒似的說。

「好了，接下來輪到小海了。快吃吧。」

在我半強迫的語氣下，終於吃下了一口飯。

從營養均衡的角度來看，只有碎肉和蔬菜的油膩炒飯，實在不適合作爲小海這個年紀的孩子的晚餐。不過，由於我強行要求綠亮進行不知何時能完成的修理工作，導致小海空著肚子等待，我想要擺脫這種罪惡感。小海吃了大概五口後便說「謝謝款待」，然後放下了湯匙。

「再吃一點好嗎？」我用湯匙把炒飯遞到小海嘴邊，小海吃了一些。

「不要撒嬌！你這傢伙。」綠亮對著小海說，我瞪了綠亮一眼。

「好了，請你趕快吃完，把修理工作完成。因爲你不弄完的話，我也回不了家！」

對著吼叫的我，綠亮噘起了嘴。

聽見我大吼，小海小小的身軀顫抖了一下，於是我趕緊說明。

「我不是在罵小海喔。大姐姐我啊，只是在拜託小海的爸爸工作而已。我沒有在生氣喔。」

小海靜靜地聽我說完，然後點了點頭。

我去了一趟洗手間，回來後看見小海橫躺在沙發上。

吃完的盤子和喝茶的玻璃杯整齊的被收拾在角落。該不會是身體不舒服吧，我把手放在小海的額頭上，只感到一陣冰涼。

看著牆上的時鐘。已經接近晚上八點了。是小孩子該睡覺的時間了。也許是被帶到不熟悉的場所來，所以更加疲憊吧。我把工作時使用的毛毯蓋在小海身上。

因爲工作的緣故，無法對綠亮說「好了，明天再做就可以了。」我茫然地看著小海的睡臉，等待修理完成。

「再十分鐘左右就好了。」綠亮看著我說。皺巴巴的襯衫、袖子被捲了起來，綠亮用袖子擦拭額頭上的汗水。

「啊……那眞是太好了。」我看著小海，打從心底說。

看得出來大學T和長褲都洗得很乾淨，不過褲腳的地方有些脫線。雖然我的桌子抽屜裡有裁縫用的工具組，不過那樣做的話似乎太過了，於是我壓抑住自己的念頭。

那纖細的脖子和手臂，彷彿稍微用力一點便會折斷似的，我實在不敢相信，眼前的這個綠亮，能夠獨自一人養育如此脆弱的生命。

「很可愛吧，海。」綠亮說。

「嗯，是的。」

「因爲是我的兒子啊。」

我一時語塞。察覺到我的異樣，綠亮開口說：

「妳以爲是女孩子對吧。是男孩子喔。」

綠亮若無其事地說。

「無論衣服還是髮型，都依照海喜歡的方式。……對了，已經修理好了。」

綠亮說完，影印了幾張紙來測試。紙張從發出聲音的影印機裡被排出。影印機確實恢復正常了。

「非常感謝。不好意思弄到這麼晚。」

「剛剛還眞是氣勢洶洶呢。喂，海。」

綠亮搖了搖沙發上的海的身體，想要把他叫醒。

「你就讓他睡吧。用這個把他裹起來。」

我用毛毯把海裹起來，再以眼神示意綠亮趕快把他抱起來。

「這個，可以嗎？我借來用。」

「當然可以。什麼時候還都沒關係。」

我打開辦公室的門，沿著走廊前進，打開公司後方出入口的門。走到停車場，綠亮讓小海睡在車子的後座。

「那麼，再見。」駕駛座上的綠亮說完，關上車門，緩緩地發動了車子。

車子瞬間消失在紛亂的黑暗之中。身體因夜晚寒冷的空氣而顫抖。我匆忙地回到公司裡。收拾了炒飯的盤子和玻璃杯。小海的睡臉，帶點甜膩的味道，滿臉汗水的綠亮，不斷浮現在我的腦海裡。

「好了好了，工作、工作。」

我說出聲、拍了拍雙頰、坐回電腦前，不停敲打著鍵盤。

那是我遇見海的第一個晚上。

「我想去學習料理。如果要說拿手的事，好像也只有這個了吧。」

把草莓排列在奶油蛋糕上的時候，海的聲音擦過我的耳朵。自產自銷的蔬菜公司的工作結束後，我在蛋糕工廠的夜班兼職。塗上奶油的圓形蛋糕，一個接著一個來到我的面前。我在蛋糕邊緣等距離地把紅色的草莓排列上去。

的確，海除了料理之外，沒有其他拿手的事物。在我看來，無論是讀書或是運動，都沒有特別突出的地方。不過，也沒有因此而對於海的事情感到煩惱。沒有特別拿手的事情也很好。

說白了，我自己也不是個有特別出色之處的人。不過，從小就屬於功課還不錯的那種類型，依照老師的推薦，就讀了當地的國立大學。

在地方城市的雙薪家庭成長的我，也曾經有過在大學畢業後出社會工作，一段時間後結婚，和丈夫一起工作，同時養育兩個孩子，如此這般平凡（如今看來相當浩大）的夢想。

戀愛這種事情，時間到了會自然發生，我是這麼想的，但無論高中還是大學時期，都沒有發生。出社會之後或許就會發生了吧，我想。但是，在我大學畢業的時候，全世界的景氣陷入低迷，就連求職本身都無法順利進行。

好不容易錄取的第一間公司兩年就倒了，下一間公司也是三年就倒了。

不知道為什麼，只要我一進去，那間公司的業績就開始走下坡。如今回想，那是景氣和公司的問題，根本就不是我的錯，不過當時的我，也曾經煩惱過，是不是有什麼不好的東西在我身上。

即便是這樣的我，在輾轉於不同公司的期間，也談過兩次短暫的戀愛。兩次的對象都是同事。兩次都是我先喜歡上對方、兩次的對象都在公司倒閉的時候離我而去。不會想要去責怪對方。因爲比起戀愛，找到工作活下去更重要，我也是這麼想的。

就連在當地找份工作都變得困難時，我決定乾脆到其他縣市去。隔壁的隔壁的隔壁的縣市。離東京稍微近了一些。話雖如此，這個城市和老家一樣，是個經常下雪的地方。在這裡找到了印刷公司的行政工作。

一轉眼，已經到了快要四十的歲數了。

開始了人生第一次的獨居生活。雖然是簡約的一房公寓，不過只要想到這個空間裡的所有東西都是自己挑選的、自己花錢買的，臉上就會不由自主地露出笑容。年近四十的我終於體會到，離開父母親眞是太好了。

「什麼時候才要結婚阿。」三十五歲前，母親經常叨念我，不過在我妹結婚，接連生了兩個孫子後，母親就沒再提過了。

不知不覺間，從傍晚開始下的雨已經停了。結束蛋糕工廠的工作回到家，已經過了凌晨十二點。海的房間的燈已經關了。

自從那次影印機的事件後，綠亮便莫名其妙地對我親近。每次來我的公司保養影印機，工作結束時總會到我的位子來閒聊個兩三句，內容幾乎都是小海的事情。

「他一直吵著還要去大姐姐那裡。」

「海說想要再和姐姐一起吃炒飯。」

一開始因爲在意公司裡其他人的目光，我總是敷衍了事，不過我時常在不經意間，回想起那天晚上感受到的，小海的體溫和氣味。我沒想到自己的內心裡還有這個部分。

「下個禮拜天，要不要和海一起去飯糰山的山頂走走？」

綠亮在保養結束離開前，遞給我一張用麥克筆潦草地寫在印壞的紙張背面，寫著這段文字的紙，那是在遇見小海後一個月左右的事情。

如果是和綠亮單獨見面的話，我沒有這樣的念頭。不過，我倒是想要再見小海一面。

我帶點勉強地撥打了寫在上面的綠亮的電話號碼。

「眞的，妳要去？太好了！」在綠亮的聲音背後，聽得見小海興奮的叫聲。

在一房公寓的狹小廚房裡，我仔細地準備小海的便當。把蘋果切成兔子的形狀、把可愛的牙籤插在小熱狗上。小海應該喜歡可愛的東西吧。於是我把小黃瓜切成花的形狀來裝飾。把配菜和飯糰裝進便當盒裡，用兔子圖案的包巾包裹好。水壺裡裝進溫度適中的麥茶。

當我抵達集合地點的那條路上的車站，便看見綠亮和小海站在一台輕型汽車的旁邊。小海一看到我便露出笑容，不過可能是害羞，小海用綠亮的身體擋住了自己的身體。這天他穿著一件紅色針織毛衣，以及膝蓋上有狗狗的臉的長褲。

我和小海一起坐在綠亮的車子的後座。「很可愛呢。」我輕輕地撫摸膝蓋上的狗狗圖案，小海便害羞地扭動身體笑了。小海手裡握著一個舊舊的女孩娃娃。我記得我小的時候也玩過這樣的娃娃。

「她叫什麼名字？」我問。

「小可蘿……」小海小聲地回答。

「小可蘿，這名字真可愛。」聽我這麼說，小海給了我一個如同小小的花苞綻放般的笑臉。

「放假的日子，不管去哪裡，都是那種標準版的親子家庭。如果沒有女性在場的話，就連這附近的小公園都待不下去……」綠亮一邊開車一邊說。

「標準版？」

「就是有爸爸和媽媽，也有很多是連爺爺和奶奶一起的三代同堂。像我們這種的，在這一帶算是異類吧。」

過了一陣子，車子抵達飯糰山附近的停車場。

小海背著紅色的背包，牽著綠亮的手，蹦蹦跳跳地走在我前面。偶爾會回頭對著我笑。每當我回以微笑，小海便又笑著跳起來。

到了飯糰山的山頂時（說是山頂，其實只是走個二十分鐘便能抵達的高度），我已經徹底地喘不過氣了。對著手放在膝蓋上，上氣不接下氣的我，

「太誇張了，妳也太缺乏運動了吧。」綠亮指著我笑。

山頂有一處平坦開闊的地方，從這裡俯瞰，可以看到我居住的城市。天空遼闊且近在眼前。雖然距離櫻花的時期還早，但淡綠色的新葉十分耀眼。好幾個家庭鋪著色彩繽紛的野餐墊，綠亮則是在隔了一段距離的地方，鋪上了簡樸的藍色墊子。

綠亮也做了便當帶來。裡面是三明治和切成兔子形狀的蘋果。看著便當，我和綠亮相視而笑。因爲我的兔子蘋果一看就知道這個人有多麼地笨手笨腳，相較之下，綠亮做得好多了。

小海依舊吃得很少，不過還是努力吃下了綠亮做的三明治以及我做的飯糰。當然，在用餐以前，也沒忘了雙手合十說：「我開動了。」無論禮儀或是用餐禮節，綠亮似乎都給予了嚴格的教育。雖然那個情景有點難以想像。

明明沒有人問，但綠亮經常主動提起自己的事情。

現在的工作之前，綠亮在東京從事攝影師的工作。反正應該是混不下去才逃到地方城市來的吧。綠亮還說想再回去東京從事攝影相關工作。在來這裡的途中，我在車上得知綠亮的年紀是三十四歲，比我小了五歲。我說你啊，都幾歲了。又不是學生！怎麼會如此不成熟。比起自己的夢想，應該以照顧小海為優先……雖然很想這麼吐槽，但這不是我應該插手的事情，所以我沒有開口。

我也說了一些綠亮問我的事情，不過沒有特別有趣的內容。

不過，關於我進入的公司一間接著一間倒閉的事情，綠亮津津有味地聽著。只要綠亮一笑，我便有種自己的人生一路走來十分荒謬的感覺，還眞是不可思議。

小海把手上的小可蘿平放在面前，從褲子裡取出手帕當成被子蓋上。這時，從後方的階梯上冷不防地傳來了聲音。

「啊——！是海。娘娘腔！娘娘腔！」是和海同一間幼兒園的孩子嗎？一個男孩子指著海喊著。男孩的手牽著看起來像是他媽媽的人，男孩抬頭看著她的臉說：

「媽媽，那個海，明明是男生，卻老是和女孩子一起玩洋娃娃。很奇怪對不對？」

聽見那個男孩子所說的話，小海滿臉通紅地低下頭。此時，綠亮以嚴肅的聲音對著那個男孩子說：

「海就是海。有什麼好奇怪的？不能和女孩子一起玩嗎？」

聲音聽起來並非責罵或爭論，而是溫柔的語調。男孩子一臉困惑地看著他的媽媽。媽媽的表情和孩子如出一轍，默默地低下了頭。那對母子尷尬地離我們而去。

「海就是海，可蘿就是可蘿，美佐子小姐就是美佐子小姐，我就是我，每個人都不一樣。不過我們想要待在一起。」

綠亮如同唱歌似的說，大口嚼著兔子蘋果，對著我笑。這個人啊，雖然是這副樣子，但果然是海的父親，我頭一次這麼想。

就這樣，從那天起，我和綠亮開始了被稱爲交往的關係。

隨著時間經過，我和綠亮也變得親近。我們會到對方的家，綠亮工作到比較晚的時候，把海單獨留在我這裡的日子也增加了。

雖然在交往，但綠亮卻像個學生一樣把「週末，我要去山裡拍照。」掛在嘴邊。該不會是在偷吃吧，雖然我有點不爽，不過相反地，我總是很期待只有我和小海兩個人的假日時光。

從小海改口爲海，沒有花上多少時間。海是海，我是我，綠亮是綠亮。我開始在心中如此喃喃自語。

在海選擇衣服、玩具或繪本的時候，無論那樣東西在世俗的眼光裡有多麼

「不像個男孩子」，綠亮都不發一語，只是輕輕地撫摸海的頭。我是第一次遇見這樣的人。

海喜歡的東西，簡單來說，大多是女孩子喜歡的東西。

以衣服來說，海不會選擇男孩子會穿的藍色或黑色那種比較深的顏色。海喜歡如同有顏色的棉花糖一般柔和而明亮的顏色。喜歡蓬蓬的布偶和玩洋娃娃。由於小可蘿看起來實在太舊了，因此我買了新的娃娃送他。海高興的程度非比尋常。海把那個娃娃取名爲米蘿，當成可蘿的妹妹。可蘿和米蘿成了獨一無二的姐妹。

如此頻繁地往來對方的家，覺得有點浪費房租，於是我們找了一間大小差不多是雙方的家加起來的兩房公寓，開始了三個人的生活。

「丟下海跑掉了。海的母親。在海五歲的時候。」

在把所有東西全部搬到了三個人生活的新家時，綠亮用零錢掉了似的口吻對我說。海已經在隔壁房間睡著了。我和綠亮喝著罐裝啤酒，搭配在超市買的小菜。

「有些人即便生了孩子也無法成為母親……。對她來說，或許是超過負荷範圍了吧……」

那個時候綠亮的語氣裡，也沒有對於丟下孩子離開的妻子的責怪。

對於會因為同事無心的一句話，或是超商店員隨便的態度就馬上發火、急性子的我來說，聽了綠亮說的這些話，完全無法理解丟下自己親生孩子離開的海的母親，甚至感到十分憤怒。

和在飯糰山山頂的那次一樣，綠亮依然以溫柔的語調保護著妻子。

我確實被綠亮的這種溫柔所吸引，但同時有種模糊的預感，綠亮的這種優柔，在某天自己犯錯時，是否也會輕易地原諒自己呢？

一同生活之後，海似乎理解了我是綠亮的戀人。海以「美佐子小姐」稱呼我。我是覺得無所謂，對於海的這個行為，綠亮也沒有特別說什麼。說白了，我也不是海的母親。儘管如此，乍看之下就像是「普通」家庭的三人生活，彷彿擬態爲樹木的蝴蝶一般，溶入這個世界。

有個小小的難關。那就是我的母親。回到老家，告知我現在正在和這樣的人交往。還有個六歲的孩子。因爲想要和那個人在一起，所以共同生活著。

「這樣啊！」母親和父親目瞪口呆。

在我帶去的蛋糕前面，漫長的沉默持續著。

「明、明明沒生過孩子卻能成爲母親，算是賺到了吧！」

母親硬是擠出了一句話。

大致上來說沒有反對。不過，當我提到「下次，我會把綠亮和海也帶回家裡。」的時候，兩個人又再次陷入沉默。女兒突然下定決心有了一個六歲的孩子，即便可以容忍這種事情，但似乎也不想這麼快就與綠亮和海見面。

我也是年過四十的大人了。年近七十的雙親的心情我也不是不能體會。沒有受到反對已經不錯了。不過，在我心裡還是留下了小小的刺，這一點是肯定的。

我想著未來某天要和綠亮結婚，雖然綠亮也說有著同樣的想法。「結婚登記也不必急於一時吧。」綠亮總是悠哉地說。

那個時候，我感受到了不安。

和綠亮的交往轉眼就過了一年多。那是海進入小學，快要升上小二的時候。「請和我登記結婚，並且讓海成爲我的養子。」我主動向綠亮低頭。萬一，綠亮有個三長兩短，僅是綠亮的戀人的我，將無法爲海做任何事情。更何況，要是我有個三長兩短的話……。

那個時候，綠亮不在家的日子開始增加。週末總是丟下我們一個人出門，也不知道上哪裡去了。這些都還可以原諒，但我手機也常常接到綠亮的公司打來詢問「今天請假嗎？」的電話。彷彿蹺課的高中生似的。

我暗自疑心，綠亮會不會和海的母親一樣，突然間消失不見。

在戶籍上，只要我不是海的母親，萬一綠亮有個三長兩短的時候，海的生母或許就會把海給帶走。也有可能被兒童安置機構接手。我拚命地不想失去與海之間的聯繫。

到了這個節骨眼，綠亮依然持續抵抗地說不急於登記，但我也不讓步。終於，我登記成爲綠亮的妻子，成爲海的母親。

登記結婚之後，綠亮突然消失的惡習更加嚴重了。

綠亮沒有回家的日子，即使到了睡覺時間，海依然精神奕奕，沒有要睡覺的意思。他會吸手指，有時候還會尿床。

「海。我會一直在海的身邊。你放心。」我反覆地說著。

母親突然消失，連父親也開始與自己拉開距離，這些海都感覺到了。但我絕對不希望海認爲原因出在自己身上。

海的不安定，原因不僅僅是綠亮。

因爲在小學裡，海遭受到霸凌。和對於海的特質加以包容的幼兒園不同。

在上小學前，海自己挑選的紅色書包，被人用麥克筆在上面亂畫，只要穿了貼花的大學T，貼花的部分也會被人用剪刀剪得亂七八糟。不過海從來不跟我說到底是誰幹的。

「海，這到底是怎麼一回事！究竟是誰幹的？」無論我問幾次，海都不發一語，用小小的手摸著書包和大學T，以一副隨時都要哭出來的表情看著我。

「不是不是，我並不是在罵你。」

就算我這麼說，海只是吸著大拇指，眼角含著淚水。

即便如此，海依然每天背著那個被亂畫的書包，去學校上課。

海一個人走去，看著那小小的背影，我總是感到心痛。在上學途中的孩子裡，也有會指著海的書包竊竊私語的孩子。打從內心深處感到憤怒的我，在某個下午向公司請假，衝進學校裡抱怨。

「到底在搞什麼鬼！」對於大聲咆哮的我，「在小孩子的團體裡，太過顯眼的人容易成爲霸凌的對象。」年輕班導不斷重複的這些話，讓我十分火大。

「你的意思是說，海有被霸凌的理由是嗎？」

我激動地反駁，老師便默不作聲地閉上了嘴。完全無法溝通。一想到海很有可能正在這間學校的某個地方被霸凌，就覺得我快要瘋掉了。

不過，最讓我感到憤怒的，或許是現在不在場的綠亮。綠亮不在我的身邊。明明對於海來說是如此重大的事，綠亮卻不知道正在哪裡悠哉。現在，支持海的只有我一個人。

被霸凌的海沒有錯，有錯的是霸凌海的那些朋友。要怎麼跟海說，要怎麼說才能讓海理解，爲此我苦惱不已。我希望海能如同以往，穿著想穿的衣服、用自己的方式去生活。不過我也擔心，海是否會因爲持續不斷的霸凌，導致無法正常去學校上課。我不知道哪裡可以找到育兒的正確答案。

那段時間裡，紅色書包的樣子變得更加地悽慘。不能讓海繼續背著這個書包去上學了。於是我帶著海去購物中心。

我們前往書包的賣場。和我小的時候不同，現在的書包不只有紅色和黑色。橘色、黃色、綠色、粉紅色。不過，要是買了這種顏色的書包，海會不會又受到同樣的傷害……。我不由自主地，拿起了黑色的書包。

「海……這個怎麼樣呢？」

海的目光游移。

「……嗯……這個可以。」

回話的同時，海的眼神果然還是望向那些色彩繽紛的書包。看到他這個樣子，我愣住了。海正在顧慮我的感受。明明只是這麼小的孩子。

「開玩笑的——。不要買黑色了。買海喜歡的顏色吧。這個怎麼樣？」

我抱著櫻花粉的書包、故作戲謔地說。

海的臉瞬間閃閃發光。

「嗯！」

我讓海背上那個書包。顏色非常適合海。「因爲顏色比較容易沾染髒污，要不要加裝一個透明的保護套呢？」店員提議。無論被如何地亂畫，只要更換保護套就好，這對於我們家的經濟大有助益。

勉強讓海背著他討厭的黑色書包，如此一來就不會被霸凌了，這樣的想法果然是錯的。

「美佐子小姐，謝謝。」

背著新買的書包，準備回家時，海開口說。

「用不著道謝。」

聽到我這麼說，背著書包的海跳了起來。

「我會再跟妳連絡。之後也會匯錢給妳。」

登記結婚半年後的某個早上，廚房的桌子上留了這樣的字條。

昨天晚上為止還在的綠亮不見人影。很久很久以前我就有這種預感。我把那張紙揉成一團。海拉開紙門，從隔壁的房間起床，走了出來。海似乎也注意到綠亮不見了。

「來做甜甜的法國吐司吧。」

我輕輕拍打穿著睡衣的海的屁股，叫他把雞蛋和牛奶從冰箱裡拿過來。在銀色的料理盤裡混合雞蛋、牛奶、砂糖和香草精，再把些許變硬的麵包浸泡在液體中。眼淚從一旁看著的海的眼中滴落。

「哎呀！不需要鹽巴喔。」

我像唱歌般地說，同時抱起了海一圈圈地旋轉。

「美佐子小姐是不會從海的身邊消失不見的喔！」

我一邊怪腔怪調地說，一邊不停地旋轉。海發出好像很癢的聲音，終於笑了。

海和我處得很好。綠亮是否一直默默地等待著像我這樣子的人出現呢。雖然如此疑神疑鬼，但其實我也一樣。關於成爲一個母親。現在回想起來，我也曾隱約地想著，如果某天這樣的機會到來就太好了。

另一方面，有時我也在想，是不是由於我強硬地要求登記結婚，綠亮才會突然消失不見。對於綠亮而言最重要的，或許是能不被任何事物束縛，自由地過自己的人生。

就這樣，我和海開始了只有兩個人的生活。

我和綠亮的婚姻關係還在，不過在外人看來，我成爲了獨自撫養著海的單親媽媽。

學生時期，出社會工作時，成爲綠亮的妻子時，總覺得那些頭銜和我之間存在著些許的隔閡，單親媽媽這個身分倒是和我完全地吻合。彷彿量身打造似的。綠亮不需要懂。和海的生母也無關。我是海的母親。這麼一想，便有種如同清涼的氣泡水流過我的背脊般的爽快。終於，如同身上穿著不習慣的衣服的那種違和感消失了。

儘管每天並非只有開心的事情，但只要海在身邊，生活即使再忙也很幸福。

那個人的到來，是海升上小四，正要準備迎接暑假的時候。

當時，海正沉迷於料理的世界。

一開始先學會如何洗米，用電鍋煮飯，接著，用小魚乾熬高湯，加上冰箱裡可用的蔬菜來煮味噌湯，然後是如何煎荷包蛋。只要學會了這三樣，即便我工作到比較晚，海也能一個人做出煎蛋定食來吃。

海比我想的還要聰明，雖然剛開始的兩、三次也曾傷到手指頭，不過很快便學會了菜刀的用法。在用火上也比我更加謹慎。

也差不多是這個時期，海能夠獨自去超市採買東西。

某天很晚的時候，「可否讓我和海見面呢？」自稱海的母親的人打了電話過來。聲音聽起來像是隨時都會哭出來似的。第一次我連回都沒回，便直接掛掉電話。但她還是一直打來。

「我明白這會給您帶來困擾。但能不能至少聽我說幾句話？」她用哽咽的聲音說。

雖然我不打算讓海見她，不過事實上，一想到說不定海也想見見親生母親，我便無法掛掉電話。

她說因工作的關係來到這個城市，只能待到兩天後。

爲什麼事到如今她才出現？她是如何得知這個電話號碼的？她的目的又是什麼？雖然我覺得十分可疑，但她反覆地說「只是想見見現在已經長大的海。絕對不會把海帶到任何地方去。」內心雖然迷惘，不過第二天的週六，還是把海的母親叫來了家裡。如果在外頭見面，萬一她突然情緒激動的話，受到傷害的會是海。

就這樣，那個人出現了。

是個與海非常相似、漂亮的人。

穿著修身的套裝，脫下來的高跟鞋整齊地擺在玄關的三合土上。

「海！」呼喊的同時她伸出了手。

「是媽媽喔。」我一邊說，一邊撫摸著海小小的背。海則是看著我。

她手裡拿著許多件手禮的包裹。她自己打開包裝，一件一件遞給了海。有怪獸公仔、汽車積木、恐龍圖鑑等。海露出不知如何是好的表情，交錯地看著我和她的臉。在她的敦促下，海試著翻讀恐龍圖鑑，但海不感興趣，顯得心不在焉。

說不定海想要跟她撒嬌，也說不定海是在顧慮我的感受……。

猶豫不決後，我提議。

「請帶著海出去半天吧。只要能在傍晚把海帶回來這裡就好。」

她的眼睛泛淚。微微地點頭，牽起了海的手。海的表情似乎有點緊張，不停地看著我。不要緊的，我如此對海微笑示意，靜靜地目送兩人出門。

如果海說想要和她一起住的話……這種可能性也不是沒有。不，不管怎麼說，海都不會說出那種話才對。相互矛盾的情感在大腦裡碰撞，要是不做些什麼，我搞不好會發瘋。兩人出門以後，我用力地擰乾抹布，趴在地上擦拭房間的地板。

海的監護人是我。沒有什麼好擔心的。

明明說好是傍晚，她和海卻在中午過後就回來了。

「去了海可能會喜歡的玩具店和書店，海卻說想要回家，怎麼也勸不聽。」

我瞥了一眼桌子上她帶回來的玩具和書。「海可能會喜歡的」她的這句話十分突兀。爲什麼她會這麼想呢。突然湧起一股強烈的情感。她根本一點也不了解現在的海。

「他說想回家。想回去美佐子小姐那裡。」

不知道是不是覺得自己被罵了，海朝著我跑來，躲到了我的身後。

聽到這句話，我感覺體內的緊張一口氣被釋放了。我無聲地吐了一口氣，緊緊地握住了海的手。我知道海一定會這麼說。不過我還是擔心了。更讓我感到不安的是，海是不是誤以爲我想要拋棄他呢。

她臉上一副哭笑不得的表情。

去隔壁的房間玩吧，我對著依靠在我背上的海說。海點點頭，輕輕地拉上紙門。我請她坐到餐桌前，到廚房泡了茶。我把茶遞到她的面前。

「其實，我……」她抬頭看著我，用微弱的聲音說。

「……」

「我其實是想把海帶走才來到這裡的。可是……」

「可是？」

「海的母親已經不是我了。海一直對我說著美佐子小姐的事情。美佐子小姐做的歐姆蛋很好吃，從美佐子小姐那裡學會了燉菜的做法……」

她的聲音顫抖著。她趴在桌上，壓抑著聲音哭了一會兒。我只是默默地看著她。

我確實沒有打算把海交給她。

即便如此，雖然也不是基於同情，不過我不希望她認爲「自己沒有身爲母親的資格」。她和綠亮的婚姻生活，我大致可以想像。應該是無法忍受綠亮才離去的吧。

「如果海自己說想見妳的話……」

「……」

「如果海自己說想見妳的話，我不會阻止的。」

「真的嗎……」

「終有一天，海會從我這裡離去。說不定會有需要妳的時候。到那個時候，再請妳多多照顧海了。」

她一邊點頭，一邊靜靜地哭著。

就這樣，她開始每半年一次寄送禮物過來給海。

包裹的內容物一如往常，都是些小男生會喜歡的怪獸或是英雄戰隊的公仔、探險故事的書、藍色或是黑色的運動服……。那個人在那天，究竟看見了海的哪一面。現在，海的母親是我。由我來做母親，海更能活得像海。我這麼對自己說。

綠亮是偶爾想到的時候，海的母親是每半年一次，會匯一筆錢過來。

對於我們的生活來說是值得感激的事。不過對於綠亮，對於海的母親，我始終抱持著接近憤怒的心情。爲什麼能夠拋棄如此可愛的孩子呢……。

對現在的我來說，只要有海在身邊就足夠了。

即便成爲國中生，或許是由於某些地方散發著女孩子的氣質，小小的霸凌似乎依然持續著。雖然沒有和小學時期同樣親近的朋友，不過在家的時候，像是被熱情驅使似的，總是說著班上的男同學以及班導師的事情，因此我隱約地覺得海說不定喜歡男生。

海就是海。綠亮曾經說過的話在腦海裡重播。沒有什麼偉大的教育方針。每天光是要維持溫飽就很辛苦了，我所能做的，只有反覆地把這句話傳達給海。我無數次回想一起去買書包的時候，海臉上的笑容。我衷心地期盼，名爲海的這一棵樹，每一根枝幹都能不屈不撓地成長茁壯。

回想起自己的國中時期。班上也有像海的孩子。和海一樣，那個孩子也被以「娘娘腔」霸凌，被強迫展現男子氣概。那孩子或許是個像海一樣的孩子吧……如今那孩子變成什麼樣的大人了呢。

另一方面，之所以能夠百分之百接受像個女孩子，說不定喜歡男生的海，會不會是因爲我和海沒有血緣關係的緣故呢……。我對自己抱持著疑問。

如果是有血緣關係的母子，或許我會更加深入地思索和苦惱吧……。我無法不去這麼想。

因爲我的關係，才剛進入高中沒多久的海，就面臨轉學的命運。

關於這件事，海沒有一句怨言，更何況海根本沒有所謂的叛逆期。這也說不定是因爲我和海沒有血緣關係的緣故。一想到海是不是害怕被我拋棄，內心便有種淡淡的寂寞。

海的高中生活應該還算過得順利吧，之所以這麼認爲，是因爲和國中時期不同，有像璃子和忍這樣的朋友會到家裡來玩。看海的樣子，馬上就知道海應該是喜歡忍的。和璃子之間就如同雙胞胎兄妹似的嬉鬧，但看著忍的時候眼神總是熱切。

由於平日海要打工，他們都是在假日時過來。海總是會爲他們準備在打工的地方學到的，淋上多蜜醬汁的蛋包飯，以及烤布丁。

「我出門去買點東西。」這種時候，我會試著不要打擾到他們，不過海和璃子和忍都表示希望我留下來。他們一起吃著海做的東西，開心地聊天。海成爲這個群體的中心，我覺得很高興。

「我在想，要是美佐子小姐是我的母親的話，那該有多好。」

某天，來家裡玩的忍，突然對我這麼說。

那天璃子不在，海正好去超市買料理要用的番茄醬。

大學的入學考試即將到來，忍和璃子忙著上補習班，來家裡的次數比以前少了，即便如此，每個月還是會來個一次。

「不過，是會讓你變窮的喔……。還得要孩子去打工。不是個好母親吧。」

我開玩笑地說。

「別這麼說。美佐子小姐給予海充分的理解不是嗎。而且也沒有強迫海一定要上大學之類的。」

「那是因爲海的成績跟不上啊。更何況，海本來對於讀書就沒有太大的興趣……怎麼了，莫非忍不想去上大學嗎？」

「我是想去上大學……不過，在我家，我爸的意見有絕對的影響力……如果要去東京的大學，那麼除了這間大學以外都不准之類的……」

我等忍接著說下去，不過他沒有再開口。我把紅茶倒進忍的杯子裡，同時說道：

「既然已經滿十八歲了，不聽父母親的話也無所謂喔。」

「什麼？」

「父母親的責任到十八歲爲止就差不多結束了吧。」

與其說是講給忍聽，倒不如說是講來提醒我自己的。

「……十八歲？」

「因為忍已經是一個成年人了啊。去了東京以後，忍只要過自己想要過的生活就行了。」

「……我想要過的生活？」

「很快地就可以實現了，在東京。不過還有個海黏著你就是了。」

我一邊笑一邊說，忍則是低著頭安靜地笑了。

「兩個人要一直好好相處下去喔，我不會說這種幼稚的話。去了東京以後，內心可能會有許多改變，一定要優先考慮自己的感受和想法。勉強自己去顧慮海的感受，以忍的父親的想法為優先，完全沒有必要去做那些事情。」

好的，忍低下了頭。

我輕撫著他的頭。短短的頭髮，如同小嬰兒般的柔軟。

我不知道東京是個什麼樣的地方。不過，和這個鄉下城市相比，應該有更多的人、擁有各種不同價值觀的人才對。

要是東京可以成為兩個人過著自己想要過的生活的地方就好了。

我默默地在內心祈禱。

忍離開後的傍晚，海在廚房裡洗東西。

「今天做的蛋包飯也很好吃。我做的蛋包飯啊，和海做的蛋包飯相比，可說是天差地遠呢，布丁也像甜點師傅做的一樣。」

「忍很喜歡的說，蛋包飯和布丁。很像小孩子對吧。」

說完，海的臉頰微微地泛紅。

「……美佐子小姐第一次為我做蛋包飯的時候，我還記得。非常好吃呢。」

「真丟臉。我根本就不拿手，也不喜歡料理。」

「才沒這回事。那個時候我覺得美佐子小姐做的所有料理都很好吃。不，我現在也這麼覺得。爸爸也努力做過料理，但從來沒有做過蛋包飯。而且只要做了咖哩，就會連續三天都吃咖哩。」

哈哈哈，海和我都笑了。

「……再更早之前，最一開始認識美佐子小姐的時候，去過美佐子小姐的公司，我也還記得。」

「是喔！都那麼久以前的事情了？」

「是什麼呢？折紙鶴？有折給我對吧。那個時候，美佐子小姐的指甲是粉紅色的，而且閃閃發亮。然後，好像是，在我睡著之後幫我蓋的毛毯？那上面的味道好香，那個，到我回到家睡覺的時候都還一直摸著它。雖然爸爸說要早點拿去還，可是我沒有它就睡不著覺……咦，它跑到哪裡去了呢？」

「那麼久以前的事了，無所謂啦……」

「對不起。」

「都說沒關係了。」

「那個……」

「嗯？」

「……美佐子小姐，當時覺得我很可憐對吧……」

「不是的。」我揮舞著剛洗好的湯匙說。

「我是因爲想要和海在一起才那麼做的。現在也一樣。和綠亮沒有關係。」

「……這樣啊。」

我走向正在擦拭盤子的海，伸出了手。原本比我小很多很多的個子，如今我不稍微挺直背的話便碰不到了。我揉亂海柔軟的頭髮。

「我也很喜歡忍，還有璃子喔。」

「幹嘛突然這麼說？」

「海擁有很好的朋友，我覺得非常開心喔。」

說完這句話，我走出黃昏的陽台。一邊收著洗好的衣物，一邊看著屋裡的海。覺得海突然間就變成大人了。

忍和璃子都順利考上了東京的大學，海則是進了廚師專業學校。忍和璃子的大學相距不遠，兩人在各自的大學附近租了房子，海也在離兩人租屋處不遠的地方租了房子。

人在東京的綠亮給予了最基本的協助。

我一次也沒去東京，也沒有幫忙。

無論租房子，還是學校的手續及準備，我都交給海自己處理。

光是我的存款無法負擔所有的學費，無計可施之下，只能拜託海的母親。

決定聯繫海的母親尋求協助，這件事我躊躇了很久。「母親失格」這幾個字在我腦海裡閃過好幾次，也感到很可恥。

雖然自詡為海的母親，但到了緊要關頭卻無法成為支持海的力量，對於自己的無能為力感到不甘心。

海的母親是我，這件事真的是好的嗎？都到了這個時候還在糾結這一點的我，相當地可悲。不過我還是告訴了海。

「學費的一部分是海的母親出的。」

聽我說完，海用微妙的表情點了點頭。

海離家的前一晚，我們兩個人吃著海做的料理。

筑前煮、肉卷，配上蠶豆濃湯，桌上擺著的全都是我喜歡的料理。有些料理我並沒有教過海。海不知何時獨自學會了。

「眞好吃！」聽見我這麼說，「太好了。」海露出了放心的表情。

只有兩個人的春天夜晚漸漸深了。海突然開口說：

「美佐子小姐終於可以一個人了。」

「什麼？」

「終於不用再照顧我了。」

「……」

「美佐子小姐，今後想做什麼就去做吧。」

被這麼一說，我早已經忘記自己喜歡什麼了。這十二年來，我一心都在海的身上，只爲了海竭盡全力地過著每一天的生活。

我回想起第一次見到海的那天。彷彿可以輕易折斷似的脖子和手臂。身形瘦小、只有眼睛很大的孩子。

「……沒能夠爲海做什麼事情。」

「別這麼說。我很慶幸和美佐子小姐一起生活。美佐子小姐一直保護著我。」

眼前的料理晃動了起來。

即便海去了東京，我們分開了，也不是此生都不會再見面。

東京不過是搭乘特急電車兩個小時就可以抵達的距離。

不過，我應該不會去東京找海吧。我有這種預感。

那天晚上，我開了平常不會喝的葡萄酒，唱了歌，盡情地跳舞。海也陪著我一起唱歌、跳舞。中途被隔壁鄰居敲牆抗議，於是壓低了聲音。

「明天我不會送你。自己一個人去吧。」

「怎麼這樣……」我無視海的聲音。

我回到自己房間，躺在床上，連牙也沒刷，便裹著被子準備睡覺。「媽媽，謝謝您。」快要睡著的那一瞬間，從紙門的另一頭，似乎傳來了這樣的聲音。或許是場夢也說不定。

隔天早上，當我睡醒踏進廚房時，昨天使用的碗盤已經全部洗乾淨且收拾好了。我打開水龍頭、用杯子裝水，一口氣喝了下去。用手臂粗魯地擦去流到脖子上的水。

我走進海的房間。

房間裡只剩下灰塵，沒有床，也沒有桌子。不過，有某個東西在房間的角落。那是海小的時候，整天抱著的米蘿和可蘿。兩個人蓋著如同棉被似的手帕。我記得這條手帕。和綠亮與海第一次去飯糰山的時候，用來包便當的兔子圖案的餐巾。我不知道海一直保留著這條手帕。

我掀開餐巾，把兩隻娃娃抱在懷裡。

然後，我放聲哭泣。

第3話

忍

小時候，爸爸和媽媽曾經帶我去過東京，不過來旅行和來生活還是有著很大的差別。上了大學、來到東京以後，我親身體會到了這一點。

只要是東京的話住哪裡都可以，但父親獨斷地決定必須住在大學所在的地方。目前在東京所住的地方，和我出生長大的地方大不相同。

總而言之，人很多。由於是大學所在的地方，因此學生很多，這個我可以理解。但是，不光是這樣，這裡的人口密度相當高。特別是外籍人士很多。在我出生長大的地方，也有在超商或工廠工作的外籍人士。聽說受到新冠疫情影響，東京的外籍人士減少了，不過我還是時常和許多外籍人士擦身而過。這裡的亞洲人、日語學校也不少。

散發的味道也不同。

有種類似塵土飛揚的生動。狹窄的店門口前，賣著獨特氣味的榴槤。不過，正由於存在著各式各樣的人，自己的存在也能夠混在其中，這點讓人感到安心。

我摘下眼鏡、關上電腦的電源，回頭看。

再怎麼說也太誇張了。由父親挑選付錢租下，有兩個房間、自動上鎖大門的公寓。對我一個人來說太大了。房租和生活費都是家裡出的，雖然講了好幾次我去打工就可以了，不過父親總是說，如果有那個時間去打工，不如拿去讀書。

新冠疫情依然肆虐，我所在的系所，面授課程和遠距課程的比例大約是六比四。二十人左右人數較少的語學課程採用面授，遠距課程則幾乎採用 Zoom。是否需要露臉多半依據老師而定，我選修的課程大部分都不需要露臉。即便是面授課程，因爲都戴著口罩，也搞不清楚誰是誰，明明都快要暑假了，在大學裡連個親近的朋友也沒有。如果沒有和我一樣來東京上學的璃子和海的話，我想我會非常地孤單。

廚房裡放置著只有開口被打開的紙箱。那些是母親定期寄過來的物品。義大利麵醬汁和罐頭等，都是在東京就買得到的東西。即便自己吃，讓璃子帶回去，讓海加以變化來使用，還是消耗不完。

住在父親租的寬敞房間裡，吃著母親送來的食材。

明明離開了那個城市，卻感覺還住在那個城市裡。

看向陽台，海的 T-shirt 正隨風搖曳。

那是海之前在這裡過夜的時候穿的 T-shirt。胸前繡著一隻青蛙。看著青蛙的臉，我的臉上浮現笑容。明明只是看著 T-shirt，心中卻會浮現出「好喜歡海」的心情，到底是什麼樣的構造呢。不是只有現在看著青蛙的時候。除了專注在某件事情的時候外，大腦都被喜歡海的想法佔據。見不到海的時候會想他，見面的時候，只要想像海會從這個房間離開，就覺得難過。

喜歡海的心情，在那個城市裡無法表現出來，但在這個房間裡，可以不用在意任何人，肆無忌憚地表達。雖然在那個城市裡，我也有專屬自己的房間，不過家人在身邊的話，我的想法就無法自由自在地表達。一直以來，我的心如同憋氣潛水似的，如今則是有種臉終於浮出水面，肺裡吸飽了空氣的感覺。

海決定進入廚師專業學校就讀，住在學校附近的民營鐵路沿線上。海除了專業學校的課業，加上放學後在義大利餐廳的打工，每天都很忙碌，因此我們也無法天天見面。不過在週末或是打工比較早結束的時候，海都會到這個房間來，和我一起共度。不會被任何人打擾，只屬於兩個人的時光。但是，也只有在這個房間裡，才能夠表現出這種心情，在外面的話，海和我是連手都不會牽的。

「關於自己的事，關於我們的事，都不會出櫃。」

雖然兩個人沒有正式地討論過細節，不過這是我們的共識，在外面我們就像普通朋友一樣走著，盡可能地不要散發出那種氛圍。對於這件事，我沒有任何不滿，但有時忍不住會想，海的內心是怎麼想的呢。

來到東京已經過了四個月。「非得出櫃不可嗎？」海這麼問我，是在我們高一的時候。在那之後過了好幾年。海的想法有沒有改變呢？雖然這麼想，但我沒有問海。海依然喜歡我嗎？一直積累在心中的這種心情讓我感到迷惘。

我用微波爐加熱海事先準備在冷凍庫裡的晚餐。

在名爲東京的城市裡，海看起來比我遊刃有餘多了。海自己把頭髮染成淺色，穿了耳洞。身高也長高了。甚至比我高了三公分。

來到這個城市之後，海的料理變得更加美味。保鮮盒裡放著像是白醬燉煮高麗菜捲的東西，我從來沒有吃過這樣的料理，香料也是我沒嚐過的味道。對於熟知如此複雜的味道的海，產生了如同忌妒一般微妙的距離感。

「『你是、那個嗎？』我被廚師學校的同班同學問了。是耳環的關係嗎……嗯，我這麼回答，不過沒有被霸凌、也沒有成爲八卦話題。眞是太好了。我鬆了一口氣呢。」

後來某次我和海走在路上的時候，偶然遇見了那個同班同學。

「你看，那個就是說中我的……」

海一派輕鬆地說著，我卻嚇得呆站在原地。看起來不像個壞人。他看見我和海。

「約會嗎，不錯喔。」

只留下這句話便消失了。

「東京的人就是這個樣子。這裡，眞不錯。」海說完停了下來、張開雙手深呼吸。

我居住的東京，和海居住的東京，彷彿是兩個不同的城市。

海以學校和打工地點作爲踏板，如同變形蟲似的伸出觸手，融入了名爲東京的城市。對於這一點我有些許，那麼一點點的不甘心，也感到焦慮。同時我也在想，或許海和我，在根本上是截然不同的人。

突然想起了美佐子小姐。在那個窮酸的城市，在美佐子小姐和海住的那間公寓裡曾經聽過的話。

「去了東京以後，忍只要過自己想要過的生活就行了。……要優先考慮自己的感受和想法。」

雖然話是這麼說，但究竟想要過什麼樣的生活，我自己也不明白。我的父母親沒有對我說過類似美佐子小姐說的話。我知道海和美佐子小姐之間，並沒有血緣關係。是否正因爲如此，才能夠以海本來的樣子去愛海，以那樣的方式去對待海呢。

手機突然響起。是那個城市的母親打來的。

「過得還好嗎？」

我想了一下，

「嗯。」我回答。

「有好好吃飯嗎？」

「有啦。」

「大學那邊如何？」

「完全沒有問題喔。」

總是同樣的問題。總是同樣的回答。不過只要聽到母親的聲音，內心的某個地方就會感到安心，母親似乎也一樣安心。可是，生下我的母親，卻不知道兒子眞實的樣子。不，應該是知道才對，卻不會問「眞的是嗎？」。是在等我開口呢？或者她覺得傳言是假的呢？還是她認為兒子已經變回普通的兒子了呢？

總有一天，我和母親會為了這件事情而對峙吧。

想到那一天可能會到來，就覺得害怕。

有生以來最初的記憶，約莫是三歲左右的時候。那是父親選舉勝利的光景。相機的連續閃光燈炫目。當時首次當選市議員的父親抱起年幼的我，面對鏡頭做出勝利手勢，母親則是在父親身旁以手帕捂住眼睛。

父親在那個城市是個受人注目又強大的人。

不過，父親不會在家人面前炫耀那種強大，也從未對我說過「要堅強」之類的話。相反地，父親大多數的時間都不在家。無論家事，或是我和妹妹的教養，全由母親一人承擔。每當父親偶爾在家、坐在平時沒有人坐的晚餐座位上時，所有人都不禁有些緊張。父親並不會口出惡言，或是暴力相向之類的。但是，父親光是坐在那裡、臉上掛著笑容，就能讓我侷促不安。這個時候的父親，會在吃著晚餐，或者是吃飽後，一邊看著電視、一邊自言自語。

「這個人是從○○大學出身的出色人才。」

有時也會提及鄰居和親戚。

「那個○○大學畢業後進了一間不錯的公司，眞是了不起。」

「大公司的人果然還是不一樣。」

「○○的兒子足球踢得很好，有出息。」

「果然人還是要具備樂觀和良好的性格，否則無論做什麼都不會成功。」

母親只是微笑點頭。成長的過程中我重複聆聽著這些話。父親的話烙印在我的內心。

父親從未當面向我提出要在讀書和運動上拿到第一的要求。母親也一樣。然而，從某個時間點，我開始堅定地認爲，不能成爲讓父親丟臉的孩子。我認爲這與父親從事在城市裡爲人熟知，名爲市議員的工作，不能說完全無關。

我喜歡父親，也以他爲傲。不過，父親和母親反覆交織的對話裡的價值觀，緊緊地束縛了我。如果讀書和運動不夠好的話，父親一定不會喜愛自己吧。

父親所喜歡的，是樂觀、凡事果敢地去挑戰的強大兒子吧。小時候的我一直是這麼想的。也因此我想要成爲那樣的兒子。

得到自行車的當天，便請父母親把輔助輪拆掉，雖然狠狠地摔了兩、三次，但我很快地便學會了騎自行車。無論是背誦九九乘法表或是在游泳池裡游泳，我都是班上最早學會的。我並非天資聰穎，或是天生運動神經很好的人。因此，雖然自己說有點不好意思，但不管是讀書或運動，都需要付出巨大的努力。

每天的預習、複習從不間斷。要是被人知道上補習班的話會很丟臉，因此請了家庭教師。爲了增強體力，每天去家裡的後山跑步。爲了讓別人刮目相看而努力，而實際上也做到了。周圍的人認可了我的存在，推舉我擔任班委會長、學生會會長、桌球社社長。

當時的我，並沒有美佐子小姐所說，以自己的感受和想法爲優先的那種觀點。父親一定喜歡強大樂觀、讀書和運動都在行的自己才對。我如此認爲，把自己的手腳塞進了我擅自打造的「好兒子」的模子裡。事實上，我也是個「好兒子」。此外，只要得到父親的讚美，我就開心地彷彿要飛上天一樣。

即便是這樣的我，也發生過無法控制自己的情況。那是國中二年級的時候。在我就讀的國中，桌球社舉辦了和其他學校之間的練習賽。穿著不同制服的學生們，接二連三地走進窗上掛著厚重窗簾的體育館。其中一個人吸引了我的目光。從看見他的那一刻起，視線便無法從他身上移開。這樣的體驗前所未有。雖說對方沒有注意到我的視線，但我立刻明白，這樣的情感要是被周圍的人察覺就糟了，於是我若無其事地加入了同學之間的聊天。

那個人是國三，並非我的比賽對手，不過在比賽開始後，還是令我大吃一驚。

接連夾帶著切球進攻，是我的社團夥伴裡所沒有的攻擊型選手。練習賽匆匆結束，他們離開了體育館。我的目光追著那個人。走出體育館的身影逐漸地變小。一如往常和大家一起收拾桌球桌的時候，那個人的臉也在我心中一閃而過。

有種被壓抑的傷感，從心底蔓延到全身。我的內心產生了激烈的糾結。所謂的戀愛，所謂喜歡上自己以外的某個誰，這種感覺我從來沒有體驗過，不過，這該不會就是……。我在心中搖頭。這是不被允許的事。於是，我瞬間把這個念頭深埋在心底。

然而，比賽的日子即便已經過去，喜歡那個人的念頭，如同經過時間、從堅硬的土壤裡長出地面的新芽似的甦醒。這該不會就是同學之間時常在喧鬧的戀愛，一想到恐懼便油然而生。當然，不像同學們那樣，我沒有向對方傳達心意、或是採取任何行動的打算。

比起這些，自己喜歡的是同性的這個事實，讓我非常地困惑。身為「好兒子」的我，怎麼可能喜歡同性。我沒有想太多，便再次把這份情感丟棄在心底。我自己束縛了自己。喜歡男孩子的這件事情，絕對不能讓任何人知道。因此，我馬上交了女朋友，也做了一些像是約會的事情。

國中的時候交了兩個，上了高中之後，則是和小學就認識的青梅竹馬和我上同一所高中的沙織交往。沙織是那個城市的市長的女兒。雙方的家族之間交情不錯，家庭環境也滿類似的，以朋友來說滿氣味相投的。不過，事情沒有這麼簡單。沙織希望和我發展朋友以上的關係。在高中裡，大家的認知是我和沙織是交往中的情侶。那樣很好。我比誰都希望被如此認爲。普通的、男生和女生的情侶交往的話，一定會做這些事情吧……，我用大腦思考，又一次把自己塞進了「普通的男女情侶」的模子裡。

在假日和沙織見面，去購物中心和電影院約會。對於沙織，明明沒有身爲男性的戀愛情感，卻還是牽手、甚至親吻。做了那些事之後會深深地陷入自我厭惡。我正在對沙織做著過分的事情。我當然有這樣的自覺。不過，被周圍的人認爲「那兩個人是正在交往的情侶」的這件事，確實爲我帶來了很大的安全感。

由於父親和母親也知道我和沙織交往的事，因此沒有任何人會懷疑我。就這樣若無其事地過下去就好了。如此，應該能在不暴露出本性下，成功地逃避。直到海以轉學生的身分，來到我的高中爲止。

我到現在依然記得，海來到我的高中的第一天。

瘦小的海，用小小的聲音做了不清不楚的自我介紹，坐到老師安排的位子上。戴著口罩，只能看到半張臉。我不是打從一開始就對海有意思。老師讓我這個班委會長帶著海參觀學校的各個地方，我順從地照做了，海卻是一副毫不在乎的樣子。說實話，對於海的這種態度，我是有點不爽的。

開始意識到海這個人，是在班級之間的驛傳接力賽的時候。那個時候，我的內心已經到了極限。遵守老師的指示，不反抗父母親，但是，卻無法對任何人傾訴眞正的自我。而且大家都在期待著驛傳接力賽的優勝。

「有長岡同學在，絕對沒問題啦！」

我背負著如此隨便的期待奔跑。可是，在看到下一個區間的地方，我卻狠狠地摔了一跤。腳不知道爲什麼絆住了，左腳似乎因爲扭到而隱隱作痛。即便如此，我還是踉踉蹌蹌地繼續跑。我覺得自己很丟臉。我們班應該會因爲我而輸掉吧。想到這裡，眼前突然一片漆黑。

跑下一個區間的人是海。或許是發現了我拖行著腳，海急忙往我這裡跑來。隨著海的身影逐漸接近，我的表情也因爲痛楚而扭曲。只要讓海代替我，接力帶便能傳遞下去。

「拿著這個快跑。」對著說出這句話的我，海發出了理智線斷掉的聲音。回過神來，海蹲在我的面前。快上來，海說。我猶豫了一下，還是爬到了海的背上。海的背雖然不是很寬闊，卻很溫暖。不知道爲什麼，我感到一陣鼻酸。從小我幾乎沒有在眾人面前哭過。可是現在，卻因爲海溫暖的背，讓我不禁落淚。原因我也不明白。被壓抑在內心深處的自己好像快要暴露出來，我感到害怕。

「已經不要緊了。」

我硬是從海的背上下來。眼鏡因淚水而起了霧，我覺得有夠丟臉。山的那邊傳來不知名的鳥叫聲。除此之外，只有風的聲音。海拉下口罩，然後拉下我的口罩，親了我的臉頰。

一切過於突然，我推開了海的身體。可是，海卻再次用稱不上親吻的力道，輕輕地觸碰了我的嘴唇。我的心跳強烈到像是要穿破身體似的。

我明白海的親吻不是戀愛的親吻，而是爲了激勵我的親吻。不過，這和與沙織接吻時的感覺截然不同。雖然對沙織眞的很失禮，但與沙織接吻時，內心沒有絲毫的波動。而與海接吻時，封印住內心的沉重大石似乎鬆動了。在那個瞬間，我戀愛了。對海的感情與日俱增。

班委會長、市議員父親的兒子、優等生等等，各式各樣的頭銜。明明沒有任何人要求自己背負，卻穿上了種種的鎧甲。我想把它們脫掉。我想以眞實的自我活著。眞實的自我正在努力破繭而出，已經無法再逃避了。

我喜歡男生的事實。我喜歡海的事實。

對海的感情過於強烈，我曾經一個人跟在海的後頭，到他住的公寓以及他打工的咖啡店的門口。當然，這些事情海並不知道。回想起當時，我似乎成爲了有些危險的人物。

在學校裡，我表面裝做若無其事的樣子，不過一有機會便偷偷地看著海。

在學校以外的地方，就算只有一點點時間，也想待在海的身邊。是海讓我嚐到了戀愛的苦澀。喜歡海的感情不斷累積，無法再像以前一樣和沙織在一起，因此告訴了她我內心眞正的想法。

「我喜歡羽田。」

我大概一輩子也忘不了當我說出這句話時，沙織臉上的表情。我深深地傷了沙織的心。遠比我想的還要再更深。我知道自己是個糟糕的人。

沙織應該會告訴所有人吧，這點在向沙織做出告白前，我便清楚知道。實際上也是如此。對於沙織或是沙織所做的事情，我都沒有恨意。男生們用覺得噁心的眼神看著我，這個我早已經預料到，不過我沒有預料到的是，女生們用可以理解的眼神看著我。那樣反而讓我感到不舒服。

這個八卦不僅在學校裡流傳，很快地也傳到了我的家人耳中。

和學校裡的女生一樣，妹妹跑進我房間裡，興奮地說「哥，你好酷喔！」，以一副絕對不會在父親和母親面前露出的表情笑著。

母親始終保持著彷彿從未聽過這個八卦的態度，一如往常地料理著家中的大小事。工作到深夜才回來的父親，對著在廚房裡喝水的我說：

「忍的事情我可以理解，但不能再讓更多人知道了。」只丟下這句話，父親便往寢室離去。沒有任何情緒起伏，也看不出憤怒或是悲傷的表情。

過了幾個禮拜，父親便將「再約沙織有空來家裡吃飯。」掛在嘴邊。

眞實的我，無論對於父親或是母親來說，就像是「什麼也沒發生過」一樣。這件事讓我覺得悲傷。

當我向海訴說與父親之間的事情時，海告訴我，在這個小城市裡沒有必要刻意大聲地說出來。坦白說，那句話讓我感到些許失望。不過，一段時間後我才明白，海是顧慮到我的感受才那麼說的。

海和我約定，一起去東京。在東京的話，就不需要隱藏自己的本性了。當時是這麼想的。因此，在那個事件發生後的兩年裡，除了在海的公寓以外，我和海從來沒有向周圍的人展現過我們的眞實模樣。即便如此，學校的同學們仍然認爲我們是「那種情侶」，有時也會用下流的言語來嘲笑我們。然而，我和海沒有去反駁或是對嘲笑加以反擊，就這樣在那個城市度過了兩年。

美佐子小姐是和海沒有血緣關係的母親，綠亮先生是海眞正的父親（我在心中都直呼他綠亮就是了）。海來到東京之後，便時常與綠亮先生見面。

「爸爸有一天突然就不見了。」海曾經對我說。

「咦！爲什麼？」我忍不住問。

「好像是那個時候有想要做的事情。攝影師之類的？當時我還只是個小孩子，也搞不太清楚就是了。」說完海彷彿什麼事情也沒有似的笑著。

要是沒有美佐子小姐這樣的人，海早就進了兒童安置機構。眞是不負責任。世上居然有這樣的父母親。海的生母應該也在東京才對，但不知從何時起，便音訊全無。眞是不負責任。聽到這些事情的時候，覺得海實在可憐，不禁摸了摸海的頭。

「被人覺得可憐，反而是種沉重的負擔。其實我一點也不覺得辛苦。而且美佐子小姐總是陪在我身邊。」

海用半開玩笑的語氣說著，伸長了手，撫摸了我的頭。

綠亮先生也曾來過這個房間，三個人一起吃著海做的料理。

綠亮先生的外型和我父親完全不同。交雜著白髮的長髮紮成馬尾，穿著色彩繽紛的絞染 T-shirt。

唯一和海相似的地方是身高吧。除此之外，似乎沒有什麼共通點，臉也長得不像。

綠亮先生到我的公寓時，公寓的寬敞和嶄新讓他驚訝到瞪大了眼睛。

「你的父親到底是在做什麼的？」

綠亮先生直接了當地問。

「……市議員。」

聽到我的回答，綠亮先生明顯地露出了厭惡的表情。我第一次遇到在知道父親的職業後做出這種反應的人，因此呆住了。不過，我的表情應該顯得僵硬吧。海在桌子底下踢了一下我的腳，用眼神對我示意。那個眼神彷彿在說著「對不起。」

綠亮先生大口吃著海所做的料理。爲了綠亮先生還準備了幾瓶有點貴的葡萄酒，但綠亮先生卻像喝水似的喝了下去。

「海居然能做出這麼好吃的料理。」雖然綠亮先生說了好幾次，但只要想到海之所以會喜歡上料理，是由於美佐子小姐工作太忙，不得已的情況所使然，總覺得無法諒解綠亮先生。這也讓我心裡不是很舒服。綠亮先生當然不可能洞察我的內心，只是開心地說道：

「這是我第一次見到海的戀人。」

是啊。海和我是一對戀人。被這麼說確實感到開心，不過事實上我也在想，具有血緣關係的父親，這樣輕易地認同自己的兒子和我的關係眞的沒問題嗎？身爲父母親，難道沒有任何糾結、抗拒嗎？正因爲如此乾脆，所以才能拋下海獨自離去嗎？我的內心無法保持平靜。我想，我果然還是不太喜歡綠亮先生這個人。

喝了那麼多葡萄酒卻感受不到一絲醉意的綠亮先生對我說：

「忍同學，海眞的是個好孩子喔。」

「我知道。」我馬上回答，綠亮先生忍不住笑了出來。

「嗯。我想也是。那麼，今後也請繼續關照了。」

綠亮先生伸出了手。我停頓了一下，看著綠亮先生的手。和我父親柔軟飽滿、白淨的手完全不同。那是被太陽曬黑、青筋浮現，一看便知是勞動者的手。聽說綠亮先生是從事宅配的工作，完全可以想像綠亮先生搬運重物、靈活地駕駛著大型卡車的樣子。

「我知道海是個好孩子。」

我這麼說，同時伸出了手。綠亮先生緊緊握住了我的手。雖然掌心的溫熱讓我感到不太舒服，不過無論如何，這個晚上，我和綠亮先生握手了。

綠亮先生回去後，我和海一起站在廚房的流理台前，清洗盤子和玻璃杯。海用沾上洗潔劑的海綿刷洗盤子，我再用溫水沖洗乾淨。雖然這個房間有裝設洗碗機，但我們刻意不使用它，因爲我和海更喜歡並肩一起洗碗盤。比起面對面交談，和海並肩說話感覺更加輕鬆。站在左邊的海用他的腰撞了一下我的腰。我能感受到海的髖骨接觸我的身體。我覺得自己的臉頰有些泛紅，要是被海發現的話就太丟臉了。海開口說：

「今天，眞的很不好意思……。讓你一起陪我那個不爭氣的老爸……」

「不，我也覺得很抱歉……，說實話，我長這麼大，從來沒有遇見過像綠亮先生這樣的人。」

「忍應該覺得討厭吧？那樣的大人。」

「……」

見我不知道要如何回應而陷入沉默，海開玩笑地作勢用手上的海綿的泡沫往我左臉頰抹。

「別鬧了。」我邊笑邊說。

「討厭的話直說又沒關係，忍。就像我也討厭忍的父親啊。」聽到海這麼說，我忍不住笑了出來。

「在其他人看來，我的父親應該是個零分的父親吧。和普通的父親有點……，應該說很不一樣吧。不過，對於父親，以一個人來說，我並不討厭他。從我小的時候就讓我照自己的意思去做。即使我的衣服和玩具與其他的男孩子不同，也從未要求我變得普通一點。不在意周圍的眼光，無論什麼都順著我的意願。」

我一邊沖洗玻璃杯上的泡沫一邊思考。

「普通的人……普通的男孩子。……所謂的普通究竟是什麼呢。海和我不普通嗎？」

「忍……你又皺著眉頭了。你總是馬上就開始思考複雜的事情。」

說完海再次作勢把泡沫往我臉頰上抹。一來一往之間，兩個人都忍不住笑了出來。海笑著說道：

「在我還是小孩子的時候，父親曾經對我說過。海就是海。可蘿就是可蘿。啊！小可蘿指的是我小時候玩的娃娃。每個人都不一樣。不過我們想要待在一起。」

「聽起來像是金子美鈴①。」

「那是哪位？」海用溫水沖洗滿是泡沫的手。

「……那個，前些日子，忍的父親有到我打工的地方來。」

海面向著前方，彷彿無關緊要似的說。

「什麼。」我不禁發出聲音。

「他說希望我能離開他的兒子。不過呢，我告訴他我不會離開。」

父親特地跑來東京，去到海打工的地方，直接對海說了那些話。想到這一幕，我的臉頰頓時變得通紅，全身充滿著羞愧的心情。

「對不起。居然追到海打工的地方去。」

「不要緊的。我根本就沒有想過要和忍分開。」

我用濕濕的雙手緊緊抱住了海。心想可能會弄濕海的襯衫，但我停不下來。海說道：

「希望我的兒子能擁有更美好的人生，他說。」

「我爸嗎？」

「嗯。所以我這麼對他說。我會和忍過著更美好的人生。」

我把臉埋進海的脖子裡。明明早已如此地熟悉，不知道為什麼，海身上的味道有一種令人懷念的感覺。海抬起頭，親吻我的嘴唇。被海觸碰的時候，為什麼會有種想哭的感覺，我也搞不清楚。不過，我的心意一直堅定地向著海，這份情感的流動從未間斷過。有時流動強烈到連我自己都覺得害怕。

在東京的這個小城市的這個房間裡，現在只有海和我兩個人。

註①：金子美鈴：本名金子照，是大正末期與昭和初期活躍於日本兒童文學界的童謠詩人。

不，或許只有我一個人是這麼想的。海除了我以外，還有專業學校的朋友、打工的地方的前輩等。雖然我希望海能在東京拓展海的世界，但我的內心同時也存在著希望海只向著我一個人的想法。我明白，這種東西被稱之爲束縛。不過，我就是喜歡海到這種程度。

週末，海來到我的房間。

當然我也去過海的房間，不過那個三坪大小的房間，說實話我不太想去。衣服、漫畫、玩偶……我也知道海很忙，但那些物品雜亂地堆在房間裡，散發著彷彿二手衣專賣店的味道。由於平常都沒在打掃和換氣，浴室滿是黴菌，廁所更是不堪回想。只要去海的房間，鼻子便會發癢，對室內粉塵的過敏症狀也會出現。我一點也不想躺在海那張一直鋪在那裡的床墊。

兩房兩廳的這個公寓，我把其中一個房間整理成我和海的臥室。

藍色的床單、藍色的枕頭套。躺在床上，心情就像是在游泳池裡游泳一樣。

海來到這裡的時候，首先我們會一起洗澡。因爲海身上散發著和那間房間一樣，像是二手衣專賣店，也像是流浪貓的味道。聽說海很累的時候，有時連澡也不洗就直接睡了。因此，我總是把海從頭到腳徹底洗乾淨。洗好了之後用吹風機把海的頭髮吹乾。再拿冷飲給海喝。而海什麼也沒做。

給海穿上襯衫，以及舒適的褲子。海自己穿上圍裙，開始做料理。我像實驗室裡的工作台，負責品嚐海在學校或打工的地方新學到的料理。不過，做料理時的海，會露出平時看不到的認眞表情，我還滿喜歡海的這種表情。

兩個人一起吃海做的料理。通常都很好吃。味道的部分感覺越做越有深度。不過，我喜歡的海的料理，自始至終都沒變。那就是用烤箱烤的布丁。

「又要吃那個？」雖然海總會這麼說，不過我覺得這是海所做的料理中最好吃的了。

吃飽了以後，海和我便會潛進被窩裡。

剛換新的床單散發著柔軟精的香味。兩個人依偎在一起午睡。就像兩隻小貓一樣。我把臉埋進海的脖子裡，兩個人蜷縮著睡。似乎比一個人的時候睡得更深、更沉。睡前用嘴唇親吻海的嘴唇、額頭、臉頰、下巴。海會撫摸我的頭髮。那雙手的溫柔節奏，讓所有的恐懼都消失。兩個人踏上睡眠的旅程。這是我最幸福的時刻。

大部分的時候，我會比海先醒來，收拾用過的餐具。那個時候，因為實在太熱了，我只穿著一條內褲。從廚房可以看見房門敞開著的臥室。海在那裡睡覺。這個世界上最喜歡的人就在那裡。這個小房間裡的我沒有任何虛假。以最眞實的自我存在著。看似微小的幸福，卻帶來如同濁流般強烈的幸福感。沉醉的同時被推往高處。

此時，從玄關傳來了聲響。門被打開的聲音，接著是朝著廚房走來、熟悉的腳步聲。

兩手拿著沉甸甸的紙袋的母親，眼神迴避著只穿著一條內褲的我。海還在熟睡。想當然也沒有注意到母親來了。

「你看起來不錯呢。我來做吧。」

母親半強迫地搶去我手中滿是泡沫的海綿，開始清洗碗盤。

「那、那個……」

心想著必須告訴母親海也在這裡，喉嚨卻乾到說不出話來。更何況，母親應該已經注意到她的視線前方，在臥室裡睡覺的海，但卻絕口不提關於海的事情。

母親迅速地洗好碗盤、從臥室的床旁邊走過，到陽台把曬乾的衣服收進來，坐在客廳的沙發上開始折衣服。母親當然不知道哪些是海的襯衫和內褲。我和海的衣物在母親身旁疊成一座小山。我只是傻傻地站在廚房的流理台前。母親折完衣服後又回到廚房，這回開始整理起了垃圾。母親對著站在那裡的我說：

「大學還好嗎？」

「有沒有好好吃飯？」

只會重複同樣的話。

「你好歹也穿件衣服吧。」

母親說完，從那堆小山裡，拿了襯衫和牛仔褲給我。襯衫是海的衣服。那個瞬間，某個東西在我心中爆發。

「妳完全無視於海的存在嗎？」

原本正在用乾布擦拭洗好的玻璃杯的母親的手停了下來。

「明明他現在就在這裡？明明他就在那裡睡覺？」

沉默瀰漫整個房間。母親像是沒有聽到我的話一樣保持著沉默，再次開始擦拭玻璃杯。我站在母親的面前繼續追問。

「母親，妳沒有要問我的事情嗎？」

母親看著我的眼睛。母親的眼神空洞。打從我小時候起，這樣的眼神不知道已經看過多少次了。每當在某些事情上與父親意見相左時，母親總是會露出這種眼神，然後吞下自己的意見。就這樣，母親說著和父親一樣的話，彷彿她打從一開始就是這樣想似的。明明母親應該也有自己的意見和想法。

事到如今，母親現在甚至試圖把眼前的海的存在從自己的世界抹去。

母親似乎招架不住我強硬的眼神，再次移開目光，打開了冰箱。冰箱裡放著裡頭裝滿海做的料理的保鮮盒。母親拿起其中一個，打開蓋子，貼近臉部，聞了聞味道。母親皺了一下眉頭。

「夏天要更加注意才行。」

只說了這麼一句話。母親把蓋子蓋上、把保鮮盒推進冰箱深處。接著在保鮮盒前方，用母親買來的肉類、魚類、蔬菜塞滿整個冰箱。

「保鮮盒裡面的料理，妳不問是誰做的嗎？」

「……」

「我和海正在交往的事情，母親是怎麼想的呢？」

「……」

在一瞬間，母親看了一下我的臉，但果然還是空洞的眼神。臉上的表情也讀不出任何訊息。她的目光似乎穿越我的眼神，看著更遙遠的某個地方。

「垃圾我先拿下去丟。」

把垃圾袋的袋口綁緊，母親準備離開。

「幫我轉達父親。說我絕對不會和海分手。」

聲音明明有傳進那雙耳朵裡，但母親還是什麼也沒說。

也許，母親今天也是被父親叫來，看看我過得如何吧。回到那個城市，母親打算如何對父親說呢。

「要好好吃飯喔。」

只留下這句話，母親拿起托特包快步通過走廊。我沒有追上去。聽見關門的聲音。聽不見海睡覺的呼吸聲。只聽見冷氣運轉的聲音。

我還是只穿著一條內褲，呆站在廚房裡。

此時此刻，我真的很想要見到美佐子小姐。遇見海，遇見美佐子小姐，有了這些說話的對象後，我得到了莫大的救贖。

在美佐子小姐這個人的面前，我也只是個真實的人。在此之前，我從來沒有體會過被人理解的那種解放的感覺。如果海是一個人的話，說不定老早就出櫃了吧。海對我說，不需要展現出內在，一起去東京吧。海之所以那麼說，是不是因為我的存在呢？

海伸了個懶腰，慢慢地醒了過來。

「睡得好飽。」可能是想要喝點什麼，海一邊說一邊走向冰箱，打開冰箱門。看見裡面滿到快要掉出來的肉類和魚類和蔬菜，海瞪大了眼睛。

「這，這怎麼回事！有誰來過嗎？」

「……我媽。」我本來想笑的，卻笑不太出來。

「欸，欸，你要叫醒我啊，忍。我連招呼也沒打，一直呼呼大睡，這樣很丟臉耶。」

「你一直在睡，反倒還比較好。」

「為什麼這麼說？忍，你沒事吧？」

海走過來抱住我。海把臉埋進我的脖子裡。一直被冷氣冷卻的赤裸胸膛，感受到海的身體的溫度，覺得很舒服。被海抱緊的我說：

「海，要一直和我在一起喔。」

「幹嘛！這麼突然？」

「你會一直和我在一起嗎？」

「當然。」

海用修長的手臂，像是緊緊纏住似的抱住我。

「喂，做布丁給我吃。」

海抬起頭，注視著我的臉。

「忍，你未免也太喜歡布丁了吧！」

「……因爲，很好吃嘛。」

話剛說完，我的耳朵就漲紅了。因爲我正在對海撒嬌。不過，今天我就是想要被海寵溺到底。

「我知道了。我會做一個超級甜的。」

海一邊笑，一邊從冰箱裡拿出雞蛋和牛奶。海的笑臉讓我揪心。這張笑臉，我絕對不想讓任何人搶走。現在，和最喜歡的海在一起，我打從心底感到幸福。我不希望海離開我。此時我不禁心想。對於海的感情是否已經變質成對於海的執著了呢。想到這一點，我覺得有些害怕。

在海的周圍，會對於海喜歡男生這件事加以批判的人，可以說幾乎沒有。大家應該都像海以前那個能夠毫不遲疑地說出「約會嗎，不錯喔。」的同學一樣，有著充分的理解吧。

回過頭來，我又是如何呢。父親和母親不認同眞實的我。父親明確地表達「不要讓周圍的人知道」，然後是前幾天來到這裡的母親的態度。就算詢問母親本身到底是怎麼想的，不是像那天一樣無視質問、就是像平常一樣只會保持沉默吧。

那麼大學的朋友呢？話雖如此，我在大學裡也還沒有可以稱做朋友的人。

不過，即便交到朋友，大學應該也和高中沒什麼兩樣吧。更何況，我也不打算主動告訴任何人這些事實。

偶爾會來到這個房間的璃子，是唯一能夠理解自己和海的人。從高中時期便是如此。或許是由於璃子在那間學校裡有過被霸凌的經驗。海不在這裡的平日上午，璃子也會過來。我沒有朋友，璃子好像也一樣。由於我們都不會做料理，兩個人吃著用母親送來的義大利麵醬汁做出來的難吃的義大利麵。

「我呢，想說來到東京之後，我的世界會有翻天覆地的變化的說。」

「嗯……」我指著璃子的嘴角說。沾到肉醬了。璃子不好意思地用衛生紙擦掉。

「我從來沒有談過戀愛，想說到了東京，會不會突然就墜入愛河之類的說。」

「嗯。」我喝著玻璃杯裡的水說。

「不過，如果只是環境改變，自己卻沒有改變的話，那種事情也不可能突然發生對吧。而且我還發現，無論對男人或是女人，不對，應該說我對於他人，基本上都不感興趣。該怎麼說呢，其實我老早就知道，只是被動地再一次認清罷了。」

璃子用叉子完美地捲起剩下的義大利麵。

「不過呢，也有因爲疫情感到安心的地方，對我來說。可以自然地與他人保持距離對吧。社交距離，眞是太讚了對吧。我覺得這樣子很舒服。就算疫情一直持續下去我也無所謂。一個人應該也沒問題。而且也有海和忍在。……開始求職活動之後，或許就無法再說這種話了。話說回來，忍和海很幸福吧。來到東京、住在這麼厲害的公寓裡，不用像在那個城市時去在意別人的眼光、可以時常見面。」

「……話是這麼說沒錯啦。」

璃子用疑惑的眼神看著我。

「天啊。怎麼了嗎？」

「我覺得海變得很自由。海來到東京似乎如魚得水。整個人充滿了活力……。不過，我自己就不確定了。來到東京後眞的自由了嗎？總覺得，與在那個城市裡不需要直接面對的父親和母親之間的距離，來到東京之後，反而變得更近了……」

「什麼意思？」璃子把身體往桌面上伸長。

「不像海的父母親，我的父母親並不樂見我和海交往。父親叫我不要讓周圍的人知道。母親在海也在這裡的時候過來，卻無視於海的存在。」

「……情況感覺滿嚴重的。」

「嗯……」我一邊說一邊托腮。璃子拿起寶特瓶，替我在玻璃杯裡倒水。咕嘟咕嘟的聲音，在只有我和璃子的房間裡迴響。璃子一口氣把水喝光，似乎想到什麼似的發出「啊」的一聲。

「喂，雖然有遠距教學什麼的，不過一直宅在這個房間裡也不太好吧？忍，除了這個房間和大學，你都沒去其他地方對吧。雖然我也是沒資格說你啦。」

「……嗯。」

「要不要和我去海打工的地方看看？快要傍晚了。海是放學後直接去打工對吧？」

「欸？」

「不想看看嗎？海在東京工作的樣子。和忍一起的話，我就敢去了。」

「……想看。」

「那就走吧。」

璃子起身，敏捷地收拾起髒碗盤和使用過的玻璃杯。

想看，話雖然是這麼說，但老實說我有些害怕。我所不知道的海的生活。在那裡，海被我不認識的人們圍繞，用我所未曾見過的表情工作。我有種預感，窺視我所不知道的海的世界，我的情感將因此動搖。

即便如此，璃子和我依然戴上口罩出了門。明明是傍晚，太陽卻像正中午一樣照射，四周變成了一片白光的世界。剛剛還在有冷氣的房間裡，現在脖子周圍已經流滿汗水。濕度也很高，不舒服的感覺瞬間湧上。不知道從什麼地方飄來廚餘的味道。這就是東京的夏天。那個城市有許多大的湖泊和山脈，姑且不論白天，早晨和晚上的熱風被冷卻，即使是夏天也會涼到感覺有點冷。忽然間，我彷彿聽到，從某處傳來在那個城市聽過的、嘈雜的暮蟬叫聲。

我和璃子兩個人，如同擊破熱風的厚牆似的前進。

突然感到一陣頭暈目眩。仔細想想，高中時期在社團活動嚴格鍛鍊的身體，來到東京之後便什麼也沒做了。無論再怎麼受到新冠疫情影響，確實如同璃子所說，我幾乎一直過著繭居般的生活。不用打工也沒關係，與其打工還不如把時間拿來讀書，到頭來我也只是依賴這些話，拿著父母親給的生活費。握著吊環，站在璃子旁邊的我心想，如果不做些讀書以外的事情，我真的會就這樣壞掉。

我和璃子兩個人，在迷惘中轉乘，在海打工的店家所在的民營鐵路的車站下了車。沿著流過這個城市的市中心，不大不小的河川邊緣走。河岸生長的那些是櫻花樹嗎？到了春天，這附近應該會很熱鬧吧，我一邊想一邊走著。咖啡店和書店既時尚又有品味，走在路上的大都是年輕人，情侶也很多。沒有我住的城市裡的那種像榴槤或是廚餘的味道。

偶爾，會和與我年紀相仿的男子二人組擦身而過。這兩個人是情侶嗎？還是說只是普通朋友呢？我忍不住加以想像。對方說不定也以為我和璃子是對異性戀的情侶呢。

璃子馬上就用手機查出了海工作的地點。

店家位於從河邊進入的狹窄小路上。周圍是住宅區，寂靜無聲。門面不大的店門口掛著「CLOSE」的木牌。我打算和璃子在外頭等到店家開門。裝飾著紅白格子窗簾的窗戶排列在店門口的左右，直到夕陽西下，傾斜的陽光終於反射過來。裡面看起來的確有人，卻聽不到聲音。我下意識地把手放在窗戶玻璃上，從窗簾的縫隙窺視店內。

穿著白色圍裙的海低頭站在櫃台前，手裡拿著菜刀，正在把某個東西切細。旁邊有個看起來比我們大十歲左右的男性，不知道是店長，還是海經常提及的前輩。他也是微笑著、低著頭，正在進行某種作業。男性說了些什麼，然後海笑了。海的笑容有種發自內心的輕鬆。那種表情，是我從未見過的。男性把手上的某個東西，遞到海的嘴邊。看起來像是煮過的蝦子之類的。海一口吃了下去。從嘴型看來應該是在說「好吃」。海刻意地做出吃驚的眼神。海從來沒有在我面前做過這樣的事情。

不知道爲什麼，這樣已經夠了。

海在東京，在這個有品味的城市，在這間店裡，輕鬆地找到了自己的歸屬。再加上能夠理解海的美佐子小姐和綠亮先生。海擁有了一切不是嗎？也因此他才能夠用那種表情去回應某個人。相較之下，我什麼也沒有。我從窗戶往後退，快步離開了店家。璃子的聲音在後頭追趕。

「喂！等一下啦。忍，突然這樣也太奇怪了吧。」

我無視那個聲音，半跑著往車站的方向去。河邊的道路上的人比剛才更多了。砰地一聲，我感受到一股衝擊，這才意識到我撞到了一個男人的肩膀。對方的臉有些泛紅，應該是從這個時間便開始喝酒了吧。我感到煩躁。

「等一下，你這個傢伙，撞到人想裝沒事嗎？」

我的肩膀被抓住。這還是有生以來第一次被找碴。男人推了一下我的肩膀。要是再這樣待在這裡，我想我應該會動手毆打眼前這個男人。

「對不起。眞的很抱歉。」我連聲道歉。

「你以爲道歉就能了事嗎？」

嘶啞的聲音追了上來，而我跑了起來。逃跑似的往車站的方向跑去。穿過車站的閘口。當我跳上進站的電車，站在車門邊時，可能是因爲剛才用力緊咬著後方的牙齒，左顎隱隱作痛。我住的城市映入眼簾。不禁有種懷念的感覺。雖然出了閘口後，依然聞到了榴槤的味道，不過今天卻覺得被這個城市的雜亂無章療癒了。打從我住在這個城裡以來，第一次有這種感覺。

回到房間。流理台裡堆疊著不久前我和璃子使用過的碗盤。煩躁的心情再度湧上心頭，我把碗盤放進了只使用過一兩次的洗碗機裡。加入清潔劑、按下開關，洗碗機開始發出巨大的聲響。受不了那個聲音，我連衣服都沒換，便直接鑽進被窩裡，用掌心摀住耳朵。

經過了多久時間呢。

拿起手機確認時間，已經接近半夜十二點了。

我似乎在不知不覺中睡著了。與廚房之間的門是關著的，但縫隙中透著光。我慢慢地從床上爬起來，拉開了門。海低著頭，在廚房裡做著什麼。我聞到焦糖的香氣。海留意到我，露出和平常一樣的笑容。我走到海的身邊。

「把你吵醒了，對不起。明明你睡得那麼熟。」

海一邊說，一邊把布丁液倒進模具裡。

「你和璃子一起到店裡來了對嗎？忍突然就不見了。璃子說，她看起來很生氣喔。不過呢，她還是吃完東西才走的。還開心地說非常好吃。……那個，到底發生了什麼事？忍。」

海關上烤箱的門。

「……」

我說不出話來。想要說出來的情感，就連我自己也不願面對。如果可以的話，我不想對任何人說，當然，也不想對海說。可是，不說出口的話，我和海之間就會出現淺淺的溝渠。溝渠可能會隨著時間的推移而擴大……。羞愧到滿臉通紅原來是這種感覺，但我還是決定說出口。

「我看到了……」

「看到什麼了？」

「你絕對不准說，什麼嘛，就爲了這種事情。」

「我絕對不會這樣說。」

海走向我。海握住我的右手。海的手好冰。

「我看到了海和打工那裡的男生相處得很愉快。」

海點點頭，緊緊地握住我的手。說實話，我很想放聲哭泣。

「我知道海和那個男生之間沒有什麼，但心臟的這個地方感覺刺刺的，很痛。」

我用左手抓著襯衫胸口。海把右手放到我的左手上。

「只有海一個人在這個城市得到自由，我卻被丟棄在一旁……」

我的耳垂發燙。羞恥的情感在我身體裡擴散。

「父親特地跑來要求海和我分手，這件事也讓我覺得丟臉死了……我不像海，有美佐子小姐和綠亮先生這樣的人在身邊。我很……」

說這些話的同時，我覺得自己就像個正在鬧彆扭的孩子。

「我很羨慕海。」

海用嘴唇堵住我正在說話的嘴。只不過，輕到像是在撫摸似的。

海用手摸我的臉頰。

「我喜歡忍，就只喜歡忍一個人喔。自從在那個城市，那間學校遇見你開始，從來沒有改變過。」

烤箱傳來布丁的香味。海摸著我的臉頰繼續說：

「而且我也一樣……雖然我也喜歡美佐子小姐和父親，不過有時我也會因爲自己與眾不同的家庭而感到羞恥。在親生母親突然消失的時候、父親消失的時候，我也覺得那兩個人根本就不喜歡我。不對，我現在也是這麼認爲的。對了，忍，我並不是想要說，辛苦的人不是只有忍這類的話……雖然說忍對於你的父親或許有著各種想法。」

「……」

即便如此，無論美佐子小姐、綠亮先生，都是能夠理解海的人啊。我在心中喃喃自語。這或許是我第一次在海的面前，把心中的想法吞了下去。

「這件事情可以暫時擱置嗎？這也不是立刻就能解決的。更重要的是，在東京，在這個城市裡，只要思考忍和我之間的事情來過日子就好了。我們兩個人，離開了那個城市，好不容易可以兩個人。好不容易可以變得自由。」

叮，海背後的烤箱的計時器發出聲音。海從我身邊離開，走向烤箱，打開烤箱的門。烤盤上排列著海時常做的布丁。在海做的東西中，我最喜歡的布丁。但是，不知道爲什麼，今天並不覺得開心。

「在充滿布丁香味的房間裡，先不要討論那麼嚴肅的話題了好不好。」

海用湯匙舀了還很燙的布丁，呼呼地用嘴巴吹涼。海把湯匙伸到我的嘴邊。我的嘴唇緊閉了一會兒，但由於海一直盯著我的臉，只好認命地張口。我以爲一如往常的布丁的味道會在嘴巴裡擴散開來。可是，今天的布丁卻帶著些許的苦味。「奇怪，怎麼會這樣子。居然罕見地做失敗了。」用同一支湯匙吃了布丁的海也歪著脖子說道。苦澀的布丁還在我的嘴裡。

「我問你，海。那個人到底是誰？對於海來說是什麼人？」

這句話怎麼也說不出口，我吞下了苦澀的布丁。

第4話

璃子

從今以後的日子，我希望能夠儘量不去想起那個城市。

在東京生活的第一個晚上，在堆滿尚未打開的紙箱的房間裡，我裹著棉被，把短小的手腳伸展到極限時，心裡這麼想著。

從東京搭乘特急電車兩個小時。以巨大湖泊和能量景點而聞名的神社，連綿的山脈包圍著整個城市。這地方本身沒有什麼不好。充滿自然景觀的平靜城市。至少從外面看起來是如此。

不過，我在那個城市痛苦到不行（從高一遇見海的那天，到畢業爲止的日子除外）。回想起來，幼稚園和小學的時候沒有發生什麼事。某種程度上過著愉快的團體生活。問題出在上了國中以後。只要想到那個城市的國中，接續高中裡的階級制度，就覺得想吐。

事情的明確開端，是我國中二年級的時候。

我的個子矮小、成績不好不壞，絕對不是特別引人注目的學生，但運動神經卻差到不行。在體育課的排球或籃球這類的團體活動，因爲不知如何是好，結果老是扯大家的後腿。對於我的「對不起！」大家回應的「別在意！」是從什麼時候開始消失的呢？

在那之後，即便我說「對不起！」也無人理會，這樣的狀態長久持續著，在體育課結束、與某個同學擦身而過時，「瘟神。」她小聲地呢喃。一開始，我以爲是自己聽錯了，不覺得是在說我。不過，那便是一切的開端。在體育課的團體活動，再也沒有人會把球傳給我。因爲我打得很差，這也是沒辦法的事。我如此說服自己。在體育課給大家帶來困擾的我，隱隱約約地被疏遠。當時我以爲不過是這樣而已。

但是，很快地，對於我的無視就從體育館延燒到了教室。這次不是無視，而是嘲笑。我太短的劉海、只在上課時戴的度數很深的眼鏡、在讀英文課本時努力想把發音發得標準的語調等，都成爲了嘲笑的對象。

每當休息時間，一個人坐在位子上時，總會感受到周圍強烈的視線。

有什麼事嗎？當我往視線的方向看去，大家的眼神就會立刻撇開。然後，其中一個人對著旁邊的女生們說了一些話，大家開始不時地偷瞄我。當某個人悄悄地說了些什麼，大家就會一起不看我，接著爆笑起來。在小學和國中裡，我都沒有親近的朋友。總覺得女生有點可怕。也正因爲如此，我身邊沒有任何可以商量這些事情的人。

班級裡的階級制度，我是什麼時候知道這個名詞的呢。或許出自我從國中開始看的BL小說和漫畫也說不定。長得好看的、擅長運動的，這些受歡迎且社交能力強的孩子，位於呈現三角形的階級制度的頂端。下方是中等階級的烏合之眾。會霸凌人的就是這一群人。三角形的最下方是像我這樣，讀書和運動都不怎麼樣、沒有社交能力的阿宅所組成的底層集團。我就在那裡。嗯，沒有錯。我確實屬於那裡。雖然我對於自己處於那個位置並不感到驚訝，但就算如此，坦白說，我完全無法接受自己被霸凌的事實。

如果有誰看著我竊笑，我便會走過去問：「怎樣?找我有什麼事嗎?」體育課時，即使不擅長，我也會試著去搶球。但這些舉動反而助長了霸凌。我覺得沒有道理。被霸凌的話，難道要一直被霸凌下去嗎？這種事情是不應該存在的吧。於是我下定決心去找班導商量。

「我不明白自己為什麼會被霸凌。我又沒有做任何不好的事情……」

年輕的女性班導，聽完我的話之後說道：

「在日本，不是有稱為察言觀色的文化嗎？」

「？？？？」

「或者是說棒打出頭鳥……」

「？？？？？」

霸凌的話題為什麼會演變成察言觀色和棒打出頭鳥，我不懂。

「中野同學或許是太高調了。所以才會被大家捉弄。」

不行。完全無法溝通。不是被捉弄，是被霸凌。有錯的人不是我，而是大家不是嗎？有生以來，「絕望」這兩個字第一次在我的腦中浮現。

和母親商量，得到的是「那種學校不去也罷！」這種極端的答案。

我並不是不想去學校。我只是不想被霸凌、被無視，想安穩地學習而已。我哪裡有錯？因此，我一如過往，維持著我的態度，每天準時去學校上課。可是，反而又招來了大家的反感。到了學校，室內鞋裡被放了圖釘（這究竟是什麼年代的霸凌方式啦！）、體操服被墨汁染黑。但我一臉無所謂地把圖釘丟進垃圾桶，穿著染上墨汁的體操服上課。然而，我的內心似乎已經到達了極限。

某天早上，正要從學校玄關往教室走去時，我的腳卻一步也無法再往前進。經過的所有人，都邊笑邊看著額頭冒著汗、杵在原地的我。第一節課的鐘聲響起，要不是保健室的老師剛好經過的話，我還會一直站在原地吧。

「妳還好嗎？」老師一邊說一邊握起我的手。我的手冰冷到可以感受到老師手的溫暖。老師露出被嚇到的表情，硬是把我背到了保健室。我喘不過氣，手腳發冷，明明正是寒冷的冬天，我的汗卻流個不停。老師什麼也沒問，什麼也沒說，只是讓我睡在保健室的床上。就這樣，從那天起，我開始了去保健室，而不是去教室上課的學校生活。

保健室的櫻井老師是位女性，總是會聆聽我說的話。雖然班導也會來保健室查看我的樣子，可是只要班導一來，我就會喘不過氣，蕁麻疹發作。

「我想是由於超過了忍耐的極限，導致身體和心靈的健康出了問題。」

櫻井老師這麼說，並且介紹市裡的身心醫療診所給我。

陪著我去的母親哭到臉都扭曲了。想哭的人是我好嗎？我制止母親進入診間，一個人接受了診察。根據醫生的說法，我的心理狀態不需要給予藥物治療。然而，某些壓力和心理狀態的不穩定，直接反映在身體上。被冠上自律神經失調這種籠統的病名，然後被告知不是藥物可以治好的，我非常失望地離開了醫院。

櫻井老師和醫生都這麼說。

不需要太勉強。能夠上學的日子再去學校就好。

不過，就算被這麼說，我還是想要去學校。不去學校的話，別說是在階級制度的最底層了，我就連活著的價值都沒有了吧。我一直這麼認爲。於是，我持續著每天去保健室上課的日子，在保健室裡做著老師爲我準備的練習題，寫作業，參加考試。

我絕對不想讓這種日子持續到高中。所以，我想考進都是好學生的升學高中。只要進入那種學校，大家都忙著讀書，誰還有時間霸凌呢？因此我拚命讀書，考上了那個城市裡第二志願的高中。這樣就能逃離霸凌了。高中裡怎麼可能會有霸凌。我不知道自己的這種想法究竟從何而來，爲什麼沒有在入學前仔細調查清楚，我恨進入高中的自己。

那間高中的校規和老師都很嚴格，學生臉上的表情都是煩躁和充滿壓力，我是什麼時候發現這件事的呢？剛入學不久，我就成爲了發洩情緒的目標。和國中的時候一樣。那些人瞬間就能夠辨別誰是可以霸凌的對象。被叫到體育館後面是家常便飯。那些人會用「爲什麼要在上課時盯著我的臉？」之類，就連流氓都會感到吃驚的找碴方式來霸凌我。

只要那裡有一個好欺負的沙包，理由是什麼都無所謂了。情況雖然不如國中時期嚴重，但我又再次處於階級制度的最底層，明明成爲了高中生，還是被霸凌的孩子。有時候身體也會出現問題。肚子會痛到無法忍受。我會像國中時期一樣逃進保健室裡，或者在教室裡流著冷汗和肚子的疼痛戰鬥，就這樣過著每一天。直到海來到那間學校。

不過，現在來到東京，彷彿置身在夢裡。拚命讀書準備入學考試是值得的。那間高中沒有人和我上同一所大學。

「在疫情期間度過大學生活，眞是可憐。」把我送出家門的母親這麼說，但我卻覺得能在這個時期上大學是幸運的。課程以遠距教學爲主，雖然也有面對面的課程，不過大部分的人一下課便匆匆離開教室。上大學後終於沒有霸凌我的人了！正確來說，沒有任何人關心我的存在。我終於得到了夢寐以求的校園生活。現在的生活只能用舒服兩個字來形容。

感到寂寞，或是內心不安的時候，我會傳LINE給忍和海。海忙於學業和打工，幾乎很少回覆訊息，忍不知道是不是很閒，總是秒回訊息。沒有在打工的忍，是不是過著和我一樣的校園生活呢。「要不要過來玩？」忍會馬上傳來這種邀約的訊息。我會以輕快的小碎步去忍的那間「大學生一個人住眞的合理嗎！」的公寓玩。忍的房間裡經常擺著應該是忍的母親寄來的，開口打開著的紙箱。忍會像抽撲克牌似的隨意挑選義大利麵醬汁。忍雖然不像海那般會做料理，但煮個義大利麵還是沒有問題的。我也一樣。

（不敢相信！）

看著忍笨手笨腳地把醬汁倒在剛煮好的義大利麵上時，我不禁心想。在那間高中裡，忍是位於階級制度的頂點，三角形的頂端的那種學生。不，他曾經是成績優秀、乒乓球社的王牌、班委會長，還有個叫沙織的女朋友。那樣的忍，如今在我眼前。試圖用手指擦掉從盤子溢出來的義大利麵醬汁。我一邊笑，一邊把廚房紙巾遞給忍。忍一邊笑，一邊用廚房紙巾擦拭手指。這一幕！我眞希望霸凌過我的所有同學都能看到。

在那件事……也就是忍將喜歡海的事情，告訴了當時的女朋友沙織，然後透過沙織，全校的學生都得知了忍的眞實樣貌……。之後，忍在那間高中裡，就變成了一個微妙的存在。不再是階級制度的頂點，應該說，已經到了另一個次元。

「喜歡海的忍」，明顯地成爲了不能碰觸的存在，忍也主動疏遠了以前的所有朋友。明明之前是如此地處於中心的位置。而海也是一樣。

剛轉學來時，我覺得海也有可能成爲「霸凌也沒關係」的孩子。該怎麼說呢，海身上散發著和我相同的氣息。然而，海和忍一樣，被放進了「不能碰觸的存在」的袋子裡。他們的存在超越了那個城市的那間高中的學生和老師們理解的範圍。裝著兩個人袋子上貼著「易碎品」的貼紙，被丟進了大海裡。然後在大家面前，變成了不存在的人。

因爲我和海已經很要好了，自然而然也開始和忍交談，與海和忍相處在一起，我好像也被放進了同一個袋子裡。與海和忍不同的是，對於任何人來說，我的存在一點也不重要。不過，因為有海的存在，我不感到孤單。海和忍也都不是一個人。

海曾經居住的那間公寓，和海沒有血緣關係的美佐子小姐這種人的存在，也佔了很重要的角色。在學校裡，我們三個人就像隱形人一樣度過每一天，只有在放學後去海打工的地方，或是海的公寓，才能喘一口氣。

無論忍或者是我，美佐子小姐都沒有否定。她說海交到了朋友，真心感到高興。在那間公寓的那個房間裡，我吃著海做的料理，美佐子小姐會傾聽我訴說過往所受到的霸凌。這是繼國中時保健室的櫻井老師之後，再次遇見理解我的大人。在我心想忍和海應該想要獨處，打算先離開時，美佐子小姐會對我說「我也想去散個步」，兩個人一起出了房間，有時聊著聊著，居然就繞著湖走了半圈。

「一路走來一定很辛苦吧。」

聽我說完霸凌的事情，美佐子小姐哭了。看到美佐子小姐在哭，我也哭了。

「不過，璃子，妳眞的很努力了。」

美佐子小姐說完，撫摸著我的頭。

我眞的很喜歡美佐子小姐。無論是我、忍，還是海，都是因爲有美佐子小姐，才能撐過到高中畢業爲止的兩年左右的時間。

大概也是在這個時候，我發現周圍的目光從輕蔑變成了羨慕。忍就不用說了，喜歡海的女生也是有的。以前說是交到了朋友，不過是在不知不覺中變成負責幫大家打雜，以及宣洩校園生活壓力的沙包的代替品。而那樣的我這次第一次交到了眞正的朋友。在忍和海的正中央的我。這確實讓我產生了某種程度（不對，是充滿著令身體顫抖的喜悅）的優越感。而且還是同志的朋友！我是如此渴望擁有這樣的朋友啊！……可是，這些話我沒辦法對忍和海說出口。

關於忍和海的事情。說實話，我和大家一樣。我總是戴著有色眼鏡看待這兩個人。特別是忍，我們明明同班，卻沒有說過話。如同天上的神一般的存在。相較之下，位於階級制度最底層，喜歡BL的我。根本不可能有任何共通點。那間高中裡最笨拙的女生，透過海，在某天突然有了一個叫做忍的朋友。

一開始，我認爲對於我這種人，忍應該沒有什麼興趣吧。不過，忍並非我所想的那種男孩子。忍和美佐子小姐一樣，會認眞聆聽我被霸凌的經歷，是個溫柔的男孩子。「璃子，沒問題嗎？」要做任何事情前，忍一定都會如此向我確認。

從美佐子小姐的住處回家時，忍也一定會送我到我家附近。忍十分擔心他人，心思也很細膩。這一點和海有些不同。以外表來說，海看起來比較細膩，不過除了料理以外，海有些地方還挺粗魯的。雖然海也會問我「沒問題嗎？」，但有時在我回答前，海便會以「沒問題的吧！」自行結束這一回合。或許對於在海這樣的成長環境下長大的人來說，這就是生存之道吧。

總而言之，高中的這兩年能和海、忍一起度過，我眞的很開心、得到了許多幫助、過得很快樂。霸凌終於停止了。而且，和他們兩個人在一起，我彷彿從階級制度的最底層爬到了頂端。呵呵，我心想。

話雖如此，BL與現實、二次元和三次元果然還是不同。無論忍或是海，臉都不是帥到爆炸的那種類型，身材也沒有特別好。當我去公寓玩，看見穿著短褲的海腿上濃密的腿毛時，說眞的，那活生生的樣子讓我想吐。由於我是獨生女，沒有兄弟，因此無法忍受活生生的男生。我想，我果然還是比較喜歡二次元。我是說那個時候。二次元裡雖然也有活生生，狂野的描寫，不過看到眞人的時候，還是會因現實感到震驚。

而且我總覺得，忍和海這兩個活生生的男孩子身上，有著獨特的重量。

在那個封閉的城市，表明自己喜歡男孩子，是非常重大的事件啊！或許是我想太多，但如果沒有我在中間，事情也很有可能一觸即發吧。一直想要出櫃的是忍（即便不這麼做，大家也早就知道了），而向忍提議一起去東京的則是海。

雖然不太清楚眞實的情況，但對於傷害別人，或者是被別人傷害，海似乎覺得無所謂。在這一點上，我也有相似之處，所以可以理解。但是，忍的某些地方就如同「易碎品」一樣。

海從那個城市的人們好奇的眼光，守護著內心纖細又瘦弱、隨時都會碎掉的忍。「聽說你是GAY，眞的嗎？」每當忍突然被高年級生，其他學校的學生以沒禮貌的言詞嘲弄時，「那個是我啦～。和這個人沒有關係！」把話題刻意帶往搞笑方向的人是海。那個看似什麼都沒在思考的海會這麼做，我覺得有些感動。

所謂的愛，或是喜歡，實際上到底是什麼東西，我完全不明白，不過，當意識到這些人們是眞心地相愛時，不可否認我會被那股氣勢所震撼。

我重新體認到，當一個人喜歡上另一個人時，那種迫力和能量眞的很驚人。說眞的，我不認爲某天自己的內心也能湧現出那樣的力量。雖然我不是百分之百了解海這個人，但海非常地有自我風格。已經獲得了自我的海，對我來說，總覺得是個非常有距離的人。

除此之外，海眞的沒有防備地接觸任何人。這一點和美佐子小姐有些相似。即便我在場，海也會絲毫不介意地抱住忍，對我也是如此。

當我在那所學校被女生們霸凌時，海也曾經帶我離開現場，撫摸我的頭。那時被拍下了照片，轉傳給所有人，也算引起了一陣騷動。那個時候，說實話，我的胸口有種像是被蟲子咬到似的微微疼痛。因爲，這還是長大後第一次被某個人摸頭。只不過，當海撫摸我的頭，抱住我，牽我的手時，胸口便會感到一陣刺痛。那是否意味著我喜歡海，或者是所謂的戀愛，我也不清楚。

不過，海撫摸我的頭的照片（不曉得爲什麼，這張照片也流傳到我手上），現在仍在我的手機資料夾裡。對海說「我喜歡你」之類的話，我既沒有付諸行動的打算，也沒有勇氣。畢竟，海喜歡的是忍。但是，如何想像是我的自由。睡前我時常幻想，海和我是一對異性戀情侶，我們去遊樂園搭乘摩天輪之類的。對我來說，這樣就足夠了。

那種時候我不禁會想。忍和海之間有肉體關係嗎？我覺得如此想像的自己十分骯髒。BL書籍裡的男孩子們都能坦然地接受那種關係。所以，即使他們兩個人有那種關係，也沒有任何問題。不過，我覺得忍和海，還沒有進展到那種關係。當然這只是我的直覺。然後我突然想到，如果兩個人眞的有了肉體關係，對於兩個人之間的事情，忍應該會更有自信才對。算了，我還眞是多管閒事。

才剛來東京沒多久，在忍的公寓裡，海的父親綠亮先生曾經和我們一起吃飯。綠亮先生似乎是住在東京，不過是做什麼的就不太清楚了。

忍和綠亮先生好像已經見過幾次，我那天則是第一次和綠亮先生見面。雖然形式上我禮貌地打招呼，但我在內心裡已經直接稱呼他爲綠亮。某次和忍聊天時，發現忍也是那樣稱呼他，我們兩個都笑了。因爲他就是那種讓人忍不住想直呼其名的大人。會把海丟給美佐子小姐，自己一個人不知道跑去哪裡的人。那種人，即便他是海的親生父親，也無法讓人信任。

那個晚上，綠亮先生痛快地喝著忍準備的葡萄酒，幾乎一個人吃光了海做的料理。那種氣勢和速度，讓人有些擔心，這個人平常是不是都沒有好好吃飯。大大的餐桌上，綠亮先生坐在我的旁邊。忍和海兩個人站在廚房裡忙著什麼，我想或許是正在把我買來的蛋糕裝盤之類的吧。可以看到那兩個人的背影，從背影似乎可以聽見嘰嘰喳喳的聲音。眞好，我一邊想著，一邊抓起葡萄乾。綠亮先生手上拿著酒杯，也在看著兩個人的背影。此時，綠亮先生開口說：

「一個人喜歡上另一個人，任誰也擋不住呢。」

「是啊。」我以爲他指的是忍和海，於是我露出曖昧的微笑回答。不過是喝醉的大人所說的話，於是隨便應付了一下。

「嘿嘿。」綠亮先生發出奇怪的聲音，然後再大口喝下葡萄酒。這次，他以更小的聲音、喃喃自語般的說：

「很苦澀的戀愛吧。我也經歷過。」

說完綠亮先生看了海的背影，然後看向我。

啊！綠亮先生做到這種程度，我才意識到原來是在說我。內心像是被突襲了一樣，手裡的玻璃杯中的水搖晃了起來。眼前的世界也開始搖晃。

「啊！爸、你在幹嘛啦！」

海從廚房向我跑來，不設防地抱住我的頭。熟悉的海的味道。快住手，雖然我心裡這樣想，身體卻沒有任何動作。眼淚啪噠啪噠地落下。自從來到東京，我還是頭一次像這樣哭泣，也是自高中以來久違的哭泣。

「你是不是說了什麼奇怪的話！不可以把璃子弄哭！」

「我什麼也沒說喔！」綠亮先生裝傻地回應海。

忍看著我，眨了眨眼向我示意。三個人在一起時，忍和我有時會以眼神進行交流。從高中時便是如此。當我在教室或走廊，快要被男生或女生找麻煩時，忍會在遠處對我眨眼。那通常是「妳沒事吧？」的意思，只要我微微地搖頭，忍就會帶著可怕的表情走向包圍我的人。由於忍散發出的殺氣，總是能讓所有人四處逃竄。

這天我眨了眨眼，向忍表示「我沒事。」忍點了點頭，隔著距離觀察著這場鬧劇。這也很像是忍的作風，不過，如果我搖頭的話，忍打算對綠亮先生做什麼呢。光用想的就覺得可怕。無論如何，綠亮先生對我說了什麼，我又爲什麼哭了出來，我對海所抱持的感情，絕對不想被發現，也不想讓忍為了這種事情煩惱。

雖然忍應該會否認，但我和忍在某些地方上確實相似。比如無法坦率地表達自己的情感，容易悲觀地思考事情等等。雖然開心有相似的地方，但不免有些惆悵。然後，我的目光忍不住又一次追著朝向廚房裡的忍跑去的海。打從一開始就不會實現的這一點，很像是我的戀愛。而且，綠亮先生果然不是什麼好東西，我一邊想一邊拭去眼角的淚水。

我在車站附近的大型書店裡，看著BL書籍的書櫃時，偶然遇見了沙織，那個沙織。由於戴著口罩，只露出半張臉，一開始還以為是我看錯了。

我背在肩上的包包不小心撞到了後方的女性，「啊，對不起。」正當我急忙道歉時，「璃子？」那位女性說。眉毛畫得很精緻、眼睛是時下流行的可可色眼影，根根分明的睫毛。那個妝容導致我認不出來是誰。雖然那個人叫我璃子，但我並不認識這樣的人，應該是認錯人了吧，正當我這麼想的時候，女性拿下了口罩。

「是我啦，沙織。」

的確是沙織的聲音。

「找個地方喝點東西吧。」沙織挽著我的手，往電扶梯的方向走去。我的身體僵硬、只能任由沙織擺布。我只有不好的預感。沙織似乎很熟悉這裡，毫不遲疑地走進了書店旁，位於地下的咖啡店。走下樓梯的沙織，腳上穿著華麗的高跟鞋，居然可以穿著那麼高的高跟鞋走路，我心想。雖然內心想要閃人，但我還是跟在了沙織的後頭。推開店門，裡面幾乎客滿。只有沙發座位的這間咖啡店，裡面只有和我年紀相仿的年輕人，說穿了就是一間拍照打卡用的咖啡店。

好多人把色彩繽紛的冰淇淋汽水擺在面前，臉湊在一起，用手機拍照。投影在牆壁上的，是我在 YouTube 上看過的韓國女團的PV。穿著五顏六色，如同糖果般的衣服的女孩子們，一邊跳舞一邊彈跳。我覺得很不自在，額頭上冒著厭惡的汗水，相反地，沙織像在自己家裡一樣輕鬆、伸手示意我坐到她對面的沙發上。呼——我輕輕地嘆了一口氣，都到這個地步了，我做好了覺悟，坐到沙織面前。

我和沙織這個人，高中時期的交情當然不算好。雖然沒有直接被她霸凌過，但她總是遠遠地看著，笑著被霸凌的我，像是帶著些許惡意的存在。忍和沙織分手後，當我與海和忍三個人在一起的時候，也曾被她用一副像是要把我殺掉似的眼神盯著。

「忍，過得還好嗎？」

什麼東西都還沒點，沙織便突然開口問。

「……啊、啊啊、嗯嗯、還不錯、吧。」

「果然，來到這裡，你們三個人還是有在見面。」完了！被套話了。

「……」

打扮像是女僕的店員走到低著頭的兩個人面前。

「我要一杯拿鐵。」沙織說。

「我也是。」

店裡熙熙攘攘，我和沙織卻無言以對，低著頭等待拿鐵的到來。我假裝看著牆上的PV，時不時偷瞄一下沙織。閃閃發亮的長指甲，應該是仔細地做過美甲吧。臉上是時下流行的妝容，身上穿的不是GU之類的。應該是某個精品品牌吧，看起來質感非常好。沙織看起來完全不像與自己同年紀的女大學生。剛剛說話的時候，也沒有那個城市的慣用語。看起來就像是在東京土生土長的人一樣。

沙織應該也上了這裡的私立大學，但我不知道是哪一間，也不知道她住在哪裡。不過，我想絕對不要透露忍的公寓的地點比較好。

「……妳是不是覺得我很蠢？」

「什麼！」

音樂的聲音太大，我忍不住把臉往沙織湊過去，想再聽個清楚。

「妳一定覺得是我活該，對吧？」

「……」

那個事件後，沙織之所以無形中被大家疏遠，是因爲沙織到處宣揚忍是GAY。以最近的話來說的話，相當於「被出櫃」吧？

一開始身爲悲劇女主角的沙織，在事情的全貌隨著時間逐漸明朗之後，在大家的眼中成爲了加害者。沙織從金字塔頂端跌落。要是說我沒有覺得她活該，那便是在說謊。自作自受，我是這麼想的。

和忍分手後，沙織也交過幾個男朋友，不過在我印象中都維持不久。沙織本身也失去了以往的光采，曾經自信滿滿的那個沙織不知道消失到哪裡去了。以前總是圍繞在沙織身邊的女孩子們也不見了，經常看到她是一個人。

而我只是遠遠地看著那樣的沙織。

店裡播放著大音量的音樂，鬱悶的沉默卻在沙織和我之間蔓延。說眞的，我現在就想離開。不知道該說什麼才好，我感到十分困惑。萬一，沙織在這裡哭出來，我也不知道該怎麼做。沙織開口，用比剛剛更大的音量說道：

「是我這輩子第一個喜歡的人。所以……」

「忍同學嗎？」

「嗯，沒錯。」

店員送來了兩杯拿鐵。沙織看著店員離開後，然後再度開口。

「我們兩個人交往的非常順利。直到那個人出現。」這個我知道。

沙織看著閃閃發亮的指甲說。

「不過，對於忍喜歡上那個人的事，我多少也懂。」

「什麼！那種事妳根本不需要去懂！」

太過於吃驚的我說。我的聲音大到坐在附近的幾個女孩子都看了過來。

「不過，這表示對於忍來說，他是很有魅力的不是嗎？」

「沙織，那個，我是說沙織同學。」

「叫沙織就可以了。」

「好吧。我覺得，忍並沒有討厭沙織。」

「……就是那樣更才傷人啊。」

「也是啦。」

沙織和忍之間的事，不管我說什麼，都是挖洞給自己跳，而且說到底，我也沒有評論戀愛的資格。不過，我覺得忍眞的沒有討厭沙織。只是有了比沙織更加喜歡的人。不行。這樣的行爲等於是在沙織的傷口上灑鹽。無計可施的我，翻了翻包包，拿出了幾本剛買的BL漫畫。我遞給沙織一本沒有太多激烈的肉體接觸，描繪男子之間溫馨交流的漫畫。

「這什麼？」

「當我在現實世界感到痛苦時，便會逃進這個世界裡。這個很有趣喔。要不要讀看看？」

沙織用長指甲翻著漫畫。

「這個，就是所謂的BL？讀了這個就可以理解忍和那個人的事嗎？」

「這就很難說了。畢竟這個是虛構的，裡面的男孩子都很漂亮。總之就是很酷。這本書裡出現的男孩子們……。實際上就比較那個……」

「比較哪個？」

「該怎麼說呢，事情不會進展的那麼順利……，現實中的戀人們也沒那麼酷對吧。就好比上次。」

說到這裡我閉上了嘴。

說到底，我根本沒有談論忍和海的戀情的資格。

沙織盯著我的臉，等待我往下說。忍說海做的布丁裡的焦糖太苦了，兩個人大吵一架，我覺得實在太蠢而感到厭煩……。不過，我不禁認爲，跟沙織說這些的話，聽起來會像是我在自豪什麼似的。像是在向沙織炫耀，知道忍和海的秘密的人是我。因爲我一直是被這樣對待的，因此無論是對於沙織、或是任何人，像是在證明自己被對方優越般的炫耀，是我最討厭的事情。

「不，沒什麼。」

聽見我這麼說，沙織的表情看起來有些失落。然而沙織開口對我說：

「那個，有件事情想拜託妳。」

「嗯？」

「無論什麼都好，我想知道關於忍的事情。我保證，我絕對不會說想去他家，或是想和他見面聊聊之類的。即便一點點也好，妳能不能告訴我，忍在東京過著什麼樣的生活。忍完全沒有在用任何社群……。簡訊也好，私訊也好、LINE也好，又或者，偶爾可以像這樣喝個東西之類的，好嗎？璃子同學。」

「叫璃子就可以了。」

「拜託了。可以和妳換LINE嗎？」說完，沙織從包包裡拿出了手機。

「嗯……」雖然我如此回應，但事實上，我有種要被捲進麻煩的事情裡的感覺。於此同時，沙織的那句「偶爾可以像這樣喝個東西之類的」打動了我的心。因爲，我從來沒有交過可以一起做這種事情的女性朋友。指甲閃閃發亮、很會化妝、打扮時尚的女性朋友。當然，在大學裡也沒有。

「這個先借我。下次見面前我會讀完。」

臉色看起來比剛剛好些的沙織，把BL漫畫收進包包裡。

「嗯，好的。」

下次見面前。這句話在我心中迴蕩。說實話，我眞的很高興。從來沒有人對我說過這句話。

就這樣，從那天開始，我和沙織發展出了奇妙的朋友關係。

自那天起，當三個人在一起時，總會有種莫名的疏離感。

那是在和忍兩個人待在忍的公寓裡，由於實在沒有事情可做，因此去了海打工的地方的事情。一般的情侶（雖然我是不太懂）都會想去對方打工的地方看一看吧，我單純地以爲。忍眞的對這件事情感興趣嗎？回想當時的情況，忍並沒有表現出很想去的樣子。不過，看起來跟平常沒什麼兩樣的忍，說不定其實根本就不想去。不光是這種時候，我一直不太清楚忍內心眞正的想法。忍不像海那麼單純。因此，和忍相處時，我會比和海相處時稍加留心，很多時候想要對忍說些什麼，但話到了嘴邊又吞了回去。

在抵達店家之前，忍維持著一貫的樣子。然而，在忍從店家的窗戶往裡面看了之後，表情變得前所未見的嚴肅，留下我一個人快步地走掉了。怎麼會這樣！雖然我內心這麼想，不過也覺得或許現在讓忍一個人會比較好。

我一個人走進店裡，坐在吧檯座位上。可以看得出來，笑容滿面的海，受到不只是顧客，還有旁邊像是店長的人的喜愛。看著那張燦爛的笑臉，我想起來了。在那個城市的咖啡店打工時，海也是這個樣子。和打工場所的前輩處得很好，對顧客也很有禮貌。會不會對誰都給予過多的笑容呢？看著海的時候雖然會這麼想，但這或許是海的生存之道。

用餐時，海告訴我事情的經過。那是開店前的事。與從窗戶窺視店內的忍四目相接的海，給了忍一個微笑。海和店長兩個人正在準備開店的東西。雖然海一再強調「只是在工作而已」，但在忍的眼中似乎不僅於此。

我只是單純想品嚐海做的料理，於是留在店裡，並且接受了店長的熱情款待。無論是香蒜辣椒義大利麵、海鮮沙拉，還是甜點的義式奶酪，全都很好吃。雖然海不是主要負責做菜的人，但海完美地輔助了店長。我在吧檯前看著海的樣子。不知道爲什麼，那個時候我的腦海裡，浮現出綠亮先生的臉。妳喜歡海對吧，被隱諱地說中的那個晚上。因此，我在心裡發誓不再盯著海看，我專注於眼前的料理。

店長知道海有個叫做忍的男朋友，於是問我「他是怎樣的人？」我不知道這個店長是不是GAY，但至少不是個壞人。從他如此信任海，願意把工作交給海，便能看出來。與那個城市的咖啡店裡打工的前輩一樣。海有時會被比自己年長許多的人喜愛。又來了，我心想。不過呢，要是讓我說句嚴厲一點的話，海那種對誰都保持開放的態度，讓忍感到有些不安，我也不是不能理解。

忍是愛著海的。或許，比海的愛更多。比海想的還要多上許多。

那天後，每次去忍的公寓，忍看起來似乎都沒什麼精神。不只是和我兩個人的時候，就連海在的時候也是如此。今天海大張旗鼓地說，要做店裡的料理給我們吃。平時海在廚房的時候，忍總會站在旁邊，幫忙清洗蔬菜或碗盤，然而今天忍卻托著下巴，不發一語地坐在我旁邊。對於這樣的忍，海並不在意，海做了幾道前菜，擺到我們面前。有些料理是我之前吃過的，有些料理則是會讓人想問：「這是用什麼做的？」每道料理看起來都很好吃的樣子。

「吃吧、吃吧。」海說，於是我不客氣地吃了。我把將章魚和橄欖以蕃茄燉煮的料理放入口中。

「好好吃！」我大叫。

「是吧！」海也很高興。可是，我身旁的忍沒有任何動作。

「忍也吃吃看啊。」我試著說。嗯，忍點了點頭，但還是沒有動作。

海做的料理日益精進，在我們三個人之中，海每天都比我們進步，在東京這個新環境裡構築出自己的世界。不像我和忍，雖說是大學生，實際上只是渾渾噩噩地度過每一天。不過，對於忍來說，這或許是海讓他感到遙遠的原因吧。海已經不再是忍可以掌握在手心裡的存在了。

「來，吃吃看這個，上次璃子有吃到，但忍沒有吃到不是嗎？」

海努力想要打破沉重的氣氛，不過似乎徒勞無功。忍一直沉默不語，只是不斷地喝水。臉色看起來也不太好。雖然忍本來話就不多，不過忍一直這樣沉默下去，房間裡的空氣也逐漸沉重了起來。

「忍，來嘛，啊……」

海把叉著料理的叉子遞到忍的嘴邊。啊，我心想這樣不太好吧，但已經太遲了。忍瞬間滿臉通紅。這種事情，海從來沒有在我的面前做過。現在被這樣子對待，對於忍來說是最討厭的事情了吧，我想。

「走開。」

忍試圖把嘴邊一動也不動的叉子挪開，於是揮開了海的手。那個力道可能比忍自己想得要大。叉子掉落在地上。當然，海做的料理也慘不忍睹地散落一地。

「住手！不要如此強迫。忍不喜歡這樣子。」

我不假思索地脫口而出。

「因爲我想要給忍吃啊。我特別做的料理。這個，很好吃的。可是忍板著一張臉，我眞的不知道這是怎麼一回事。」

穿著圍裙的海沮喪地垂下頭。可是，我的嘴巴卻停不下來。

「都是因爲海做了會讓人誤會的事情啊！」

「是要誤會什麼。我什麼壞事也沒有做啊。」

我看了忍。忍對我眨了眨眼睛。是叫我不要再說下去了的意思嗎？即便如此，我還是繼續說：

「因爲海總是那個樣子！」

「那個樣子，是什麼意思？」

「無論在那個城市的咖啡店，或是在東京的打工場所，都是那個樣子不是嗎？對誰都很好、只要是面對比自己年長的男性便笑容滿面，難道不覺得忍有些可憐嗎？」

「可憐，什麼跟什麼啊！」

我第一次聽到海發出這種聲音。說眞的有點可怕。海居然也會發出這樣的聲音。平時沒有特別注意，但此刻我重新意識到，海也是個男人。

「一個人住在這種公寓裡的忍，到底哪裡可憐了。不用打工，生活費由父母親負擔、父母親還處處關心。我是自己一個人耶。一個人在東京努力打拚不是嗎。父親完全靠不住，我也不想給美佐子小姐添麻煩。所以，上學以外的空檔，排了滿滿的打工，都快要累死了。對人好有什麼錯？笑容滿面不行嗎？我就是這樣活到現在的。這樣也要被否定？」

我想，這是表面上看起來輕浮，總是笑容滿面的海眞正的，眞正的心聲。

「啊，我開始多管閒事了，是我不好，對不起。」

「璃子總是馬上道歉！妳覺得只要道歉就沒事了，對吧。璃子的這種個性眞的很狡猾！」

我差點就要哭出來了，但我強忍住了。這是海和忍的問題。但是，因爲我多管閒事……

「嗚……」

哭泣的聲音不小心從緊閉的嘴巴裡跑了出來。

「你們夠了沒有！」

砰，忍用拳頭往桌子上搥。盤子和餐具發出可怕的聲音。

這次換海的嘴巴停不下來了。

「忍，你和璃子想的一樣嗎？我做了什麼讓人誤會的事情嗎？」

「……」

漫長的沉默。牆上的時鐘的聲音、咕嚕咕嚕煮著東西的聲音。從外面隱約傳來小女孩們的笑聲。海轉身關上了鍋子的火，看著忍。忍低頭看著桌子。我忍著淚，凝視著眼前逐漸冷掉的料理。然後忍開口說：

「一直以來，我用自己的方式支持著海。當然，海也支持著我……。打從在那個城市時，我以爲我們已經建立了那樣的關係。……而且，我根本不知道原來海是這樣看我的。出生於那樣的家庭，不是我所能決定的。我也認爲這樣的公寓過於豪華。但這也不是出自我的期望……海，其實我很羨慕你。」

「羨慕？」海的聲音裡帶著些微的怒氣。

「嗯。……因爲，美佐子小姐和綠亮先生都很尊重海。打工場所的前輩、曾經遇見的學校的朋友，都認同海的眞實樣貌。除了璃子外，我周遭沒有任何這樣的人。不，就連璃子，我也不清楚她是否了解眞實的我。我只有海一個人。所以，我一直以爲我是理解海的。而海也能夠理解我。但是，看來一切只是我的一廂情願和誤解罷了。再加上……」

忍抬起頭看著海的臉。

「原來，海不是我一個人的海。」

海扯下身上的圍裙，臉上的表情像是領悟了什麼，往玄關走去。

不善於社交的我，不知道這種時候該說什麼才是對的。忍坐在椅子上一動也不動。不會吧，這兩個人？眞的要因爲這種事情而結束嗎？戀愛眞是一件可怕的事情啊，想到這裡我不禁背脊發涼。我慌張地跑向玄關。腳的小拇指踢到擺在走廊上的紙箱的邊角，痛死我了。眼角泛出與剛才不同意味的淚水。

「海！海！你就這樣跑掉不太好吧！都怪我說了多管閒事的話。拜託你，回到房間，再和忍談談吧。好嗎？海！海！」

我在玄關對著正在穿運動鞋的海呼喊。海卻連頭也不回。無視我的聲音打開了門。我追了上去，門在我眼前被粗魯地關上。天啊，萬一海和忍分手的話，一定是我的錯。現在這個樣子絕對是不對的，於此同時，我也不禁覺得，現實中的戀愛麻煩死了。

第5話

綠亮

開始宅配司機的工作，已經過了四年。

工作時要處理大量的紙箱。不知道是不是紙箱所使用的紙的特性所致，每天處理這些紙箱，指尖和手掌上的油脂便會消失。剛開始工作時，每次都會想要塗抹護手霜，但在被提醒護手霜的油脂會沾附到紙箱後，我便不再在意了。由於沒有進行任何保養，於是手日復一日變得粗糙、暗沉。

不僅是手。臉部和身體也一樣。左腰發出了抗議的悲鳴，上樓梯時雙膝也隱隱作痛。早上在洗臉台前看到的，是一張刻滿深深皺紋的臉。

是從何時發現，衰老開始侵蝕著自己的身體呢。抱著沉重的紙箱四處移動，和時間賽跑。如今算是可以勝任工作，不過剛開始從事這份工作時，時常被前輩（年紀比我小很多的男生）訓斥，即便是無論什麼困難都能克服的我，心裡也難免覺得受傷。

唯一的放鬆方式，是在工作結束後到破舊的酒吧喝一杯。老闆以前是攝影師，沒有比和他聊拍照的話題更快樂的事了。話雖如此，我的相機正在典當著。

坐在旁邊的年輕男子的話飄進我耳朵裡。聽到他正在拍攝獨立電影的事，青春又青澀的熱情讓人感到有些難爲情，也有些懷念。

我不經意地看著自己的手掌。一直想要拍照，成爲攝影師，生活拮据，逃到二線城市，再回到東京……。到頭來，我在這個世上到底做了什麼呢。那就是在這個世上生出了海這個人。也許就只有這樣吧，我想。

海滿十八歲了。現在住在東京。在距離自己的公寓不遠的地方。自從海來到東京，我們時常見面。不過，我從未主動邀約過海。我和海之間彷彿隔著一層薄薄的膜。而且只有我能夠看見它。不，與其說是膜，不如說是溝渠。

我把海託付在美佐子小姐那裡，然後突然人間蒸發。身爲父母親，這是無法被原諒的事情。我傷害了海幼小的心靈。那是不對的。如此依賴我的海，我卻拋棄了他。我對海做了別人對我做過的相同的事情。過去，前妻霧子拋下了海離去。明明下定決心絕對不會做出和她一樣的事情，但我卻也突然消失在海的面前。

喝下一杯烈酒。強烈到可以清楚地感覺到胃的形狀。即便如此，醉意仍舊沒有來襲。我不禁思考，接下來要如何結束自己的人生。居然已經到了這種年紀，我對自己感到震驚。我想到人生才剛開始的海和忍。兩個人的耀眼光芒，似乎讓自己的影子顯得更加陰暗。

我最早的記憶，是幼兒園的時候吧。在鄰近太平洋、距離東京不算太遠的那個城市。當時住在每到晚上隱約可以聽見水流聲，位於河川旁的公寓的一個房間裡。我所記得的，是傍晚時分，在窗邊的鏡子前化妝的母親的模樣。我透過鏡子，看著逐漸變得漂亮的母親。我從母親背後把手伸過去。「不要干擾我。」母親會撥開我的手。但我不會就此認輸。我把手伸進母親的衣服裡，撫摸柔軟的乳房。只有那個時間可以做那種事。

早上，母親總是張著嘴睡覺。住在附近的阿姨會帶我去幼兒園，也會來接我回家。從我懂事以來，母親就在酒店工作。我不知道父親是什麼模樣。在我的記憶裡，家裡從未出現過這樣的人。我的家人就只有母親。我是這樣長大的。

晚上我總是一個人睡。但我從來不曾感到害怕。

不過，也會有幾個睡不著的晚上。

我會微微地打開窗戶，看著公寓底下來往的人群。心想著會不會看到母親的身影，不過母親總是接近天亮時才會回來。隨著夜深，肚子餓了起來。試著打開冰箱，裡面卻沒有適合幼兒園的孩子自己一個人吃的東西。我用牙齒咬開散落在廚房裡的魚肉香腸的封膜，一個人把它吃完。明明不覺得寂寞才對，但只要閉上眼睛，我便會做惡夢。幼兒園裡讀的繪本裡的恐龍，張大了嘴巴朝我追來的夢。每次做惡夢我都會尿床。那個時代還存在著體罰。母親只要發現被子上有尿床的痕跡，就會用縫紉的木製量尺打我的屁股。有一次，我在狹小的公寓裡跑給母親追，快要被抓到的時候，我打開窗戶大喊。

「有人要殺我！」

一個男人停下腳步，抬頭往這裡看發生了什麼事。

「媽媽要殺我！」

我對著那個人呼喊。

「沒事吧？小子。」

男人一邊說一邊朝公寓走近。

「什麼事情也沒有。請不用擔心。」

母親對著男人假笑，把量尺藏到了自己身後。我趁機飛奔出去，逃到附近的阿姨家。

我記得母親打過我，卻沒有母親曾經寵愛過我的記憶。不知爲何，有時候母親會在天亮時分渾身酒氣的回來，心情看起來特別地好。母親會把糖果硬塞進正在睡覺的我的口中，並且對我說道：

「小綠眞是個可愛的孩子。」

母親一邊說一邊撫摸著我的頭。當時母親豐厚的手掌，有著汗水和蜜粉混合在一起的味道。對於母親，我不喜歡也不討厭。不過，如果母親喜歡我的話，應該會花更多時間陪著我才對。因此，母親一定很討厭我吧，我是這麼認爲的。

禮拜六和禮拜天，有時會有男人到家裡來。母親和男人都對我很狠心，總是用「去玩吧。」催促我出門。這種時候我會到公寓附近的兒童公園打發時間。公園是比我更大的男孩子們的遊樂場，只要我在那裡閒晃，「矮個子，快滾開！」便會被怒吼。所以，我總是待在公園的水泥管裡。從那裡看出去，可以看到和我同年紀的孩子，正在和父親一起玩。他們互相踢球，父親還會對著孩子稱讚「做得好！」。哼，我心想。總覺得那麼溫柔的大人，私下一定有不爲人知的一面。想要一個父親之類的，我從來沒有過這樣的念頭。我似乎不善於和男人相處。

隔年當我上小學時，有一個男人頻繁地出入家裡。不知道他是做什麼的，不過就連母親去工作的時候，那個人也會在家裡，自顧自地看電視、喝啤酒。矮桌上擺著母親出門工作前隨手做的簡單料理。那原本應該是我的食物，但男人卻狼吞虎嚥地一個人吃掉了。我的肚子餓到發出巨大的聲音。

「要是真的遇到困難的時候就來阿姨家。」雖然阿姨這麼說，但總覺得不能把待在公寓裡的男人的事情告訴阿姨。我獨自離開公寓，往商店街的方向去。由於是晚餐時間，每家店都很多人。我跑進了常去的麵包店。我躲在與母親年紀相仿的女人身後，一個、兩個，我拿起販賣的麵包，藏進衣服裡。趁著女人走向收銀台時，我狂奔出店面。「你這個小偷！」伴隨著後方傳來的叫罵聲，我跑出商店街。

在一對老夫婦經營的水果店，我只拿了一個蘋果。店主的老爺爺一如往常地打著瞌睡，沒有注意到我的惡行。我在兒童公園的水泥管裡吃掉那顆蘋果。我既不覺得悲傷，也不覺得自己做了什麼壞事，更不覺得自己不幸。

那個男人沒有離開公寓。他開始一直賴在公寓裡。男人開始負責接送我去幼兒園，「今後就由我來接送吧。」他對著來接我的阿姨畢恭畢敬地鞠躬。阿姨皺著眉頭，直盯著男人看。心中可能在懷疑，把侄子託付給這種人沒問題嗎。不過，男人確實遵守了他的諾言。在那之後，幼兒園的接送都由男人負責了。

「那是綠亮同學的父親嗎？」其他的小朋友會這麼問，因爲我也不太清楚，只好保持沉默。即便如此，心中卻感到一絲自豪，眞是不可思議。兩個人分享母親做的料理，不夠吃的時候，男人會做炒麵或炒飯給我吃。他會背著我去公共澡堂，洗完澡還會買果汁牛乳給我喝。那些事情成爲了每天生活中的樂趣。不過，正如我預期的，那樣的日子沒有持續太久。

某天，應該來接我的男人沒有出現。幼兒園裡的孩子一個，兩個減少，最後剩下我一個人。我和保育員一邊折紙，一邊等待男人的到來。太陽早已下山，周圍一片漆黑。應該是幼兒園去聯絡了吧，阿姨來接我了。一如往常地回到了公寓。可是，公寓的門是開著的。阿姨急忙跑進屋裡，我也在後頭跟了進去。空蕩蕩的。房間裡面什麼東西也沒有。無論是矮桌、電視、被子。所有東西都不見了。阿姨只是呆站在原地，說了聲「姐……」。我當下便明白了。母親和那個男人一起去了某個遙遠的地方。我並不感到悲傷。我有預感，這樣的日子有一天會到來。

「既然如此就到我家吧。」

我的手被牽著，去了阿姨家。阿姨家也絕對稱不上富裕。阿姨和比自己年長的丈夫兩個人生活，他們沒有孩子。彷彿塡補空缺的位子似的，在那之後我便以阿姨的孩子的身分，展開了新的生活。夜裡，我反覆夢見那間空蕩蕩的公寓，以及把糖果塞進半夢半醒的我口中的母親潔白的手掌。即便做了那樣的夢而尿床，阿姨也只是笑著說「眞拿你沒辦法。」，從來沒有責罰過我。

一日三餐（平日的午餐是幼兒園的營養午餐就是了）對於小孩子而言是理所當然的事情，但在那之前的我卻得不到。住在阿姨家之後，也許是攝取到充分的營養，身高和體重都順利地成長，就連阿姨也驚訝不已。

在我上國中時，正式成爲了阿姨和他丈夫的孩子。阿姨曾期盼著姐姐有一天會來接回自己的孩子，但這個心願終究沒有實現。成爲阿姨的孩子後，生活雖然貧困，但我就像個普通的孩子一樣地成長。阿姨和他的丈夫都對我很好。不過，隨著我逐漸長大，內心開始產生了這樣的想法。

爲什麼不更早一些接納我呢？明明就在身邊看著這一切，爲什麼不把我從母親那裡救出來？儘管對阿姨心存感激，我的想法卻變得扭曲。

上國中後，我很快便學壞，過著扭曲的生活。周圍都是鄉下的不良份子，我和他們混在一起，生活變得墮落。話雖如此，我所做的事情，也只算是小奸小惡。比如染髮、打架、抽菸、喝酒、和女孩子玩樂到深夜、不回家等等。

每當我惹出什麼麻煩，阿姨總是被學校或警察叫去，不知道低頭道歉了多少次。我明白阿姨是一個很有感情的人，但我的心中抱持著一個扭曲的想法，認爲自己是被親生父母拋棄的人。我一直忽略了眼前阿姨對我的愛。

在阿姨的懇求下，我進入了本地的工業高中。雖然是被稱爲底層的高中，阿姨還是很高興。入學後，正當我對於墮落的生活開始感到乏味時，貼在走廊上的一張照片吸引了我的目光。那是一張拍攝黝黑的水泥校舍的影子，粗粒子的照片。我單純地覺得酷。這是我的內心面對過往未曾意識到、所謂攝影的瞬間。即便上課鈴聲響起，我依然動也不動地站在原地。「趕快進教室。」迎面而來的導師，用點名簿拍打我的屁股。他是攝影社的顧問。「如果你這麼感興趣的話，我可以借你相機。」他說。就這樣，從那天起，我成爲了攝影社的一員。

我來到東京，和海一樣是在十八歲那年。

在專業學校學習攝影的同時，爲了維持生活，在學校講師的介紹下，成爲了某位攝影師的助手。如果是現在，可能會由於職場霸凌而衍生出巨大問題，不過在當年，攝影師之間的師徒關係是十分嚴苛的。犯了錯被巴頭，可說是家常便飯，也經常被以言語大肆欺凌和訕笑。那些都還好，當我的存在本身被無視時，眞的打擊到了我的心靈。

在那個時期，有人請我以便宜的價格拍攝一個劇團海報，因緣際會下遇見了霧子。她是知名大學的學生，不過熱衷於演戲，幾乎沒什麼在上學。以前鬼混的時候，曾經和好幾個女孩子玩過，但我從未眞正愛上過誰。霧子是我第一個戀愛對象。五官端正，四肢潔白修長，是那種在我老家的鄉下不可能出現的女生類型。然而，她身上某個地方有著拋棄我的母親的影子。把糖果硬塞進我的口中的母親的那種強勢風格，霧子也有著一些相似之處。我曾經在霧子的強力要求下，站上了戲劇的舞台。雖然完全沒有作爲演員的天賦，不過站在舞台上時，我可以成爲不是自己的自己。爲什麼人會想要演戲，我理解了其中的意義。由於成爲演員超出我的能力範圍，於是我把相機對準了霧子。我拍攝了無數張、無數張霧子的照片。當時我一心向著霧子。而那些照片也意外地獲得了小小的獎項。

當時，東京的景氣還比現在好。從專業學校畢業後，我想成爲自由工作者應該也足以維持生計吧。於是沒有想太多便做了這個決定。我以攝影師的身分出了社會。然而，攝影的報酬已經不如以往高，所以無論多麼小的工作我都不會拒絕。霧子在大學裡拖拖拉拉地留級了好幾年，結果還是退學，也依然熱衷於演戲。霧子堅持在演戲的空檔去時薪較高的夜店打工，但唯獨這件事我不希望她做。不然我來負擔生活費好了，我說。

在我二十七歲那年，霧子懷孕了。此時攝影師的工作開始走下坡，因此無論再小，再廉價的工作，我都搶著承包，以維持生計。即便聽到霧子的肚子裡有著「自己的孩子」，我也完全無法想像實際的樣子。一想到流著自己的血的某個人要誕生到這個世界上，只覺得可怕。我的體內流著那個母親的血，我很清楚那是愚蠢的血。

霧子也同樣感到不安。霧子成長於普通的中產家庭，雖然不像我有著與母親之間的糾葛，但她哭著說自己根本無法成爲母親，也無法再演戲了。不過，也已經沒有後悔的餘地了。到了這個地步，能夠工作的也只有我一個了。我不分日夜地工作，同時陪伴精神狀態不穩定的霧子。

足月後，海誕生了。

名字是我取的。我希望他能成爲如同我的家鄉附近那片寬闊的太平洋一樣的人。雖然是剛剛出生的嬰兒，但海是眞實存在的一個人類。爲了這個孩子，我什麼都願意做。海出生的時候，我的確是這麼想的。

不過，攝影師的工作機會越來越少，爲了塡補工作量減少的空缺，我開始了大樓巡邏員的工作。霧子依然是霧子，雖然有提心吊膽，但還是努力以海的母親活著。在旁人看來，這個家庭或許不是很穩定，但我卻很滿足。爲了守護霧子和海兩個人，我努力工作著。

很快地，三年過去了。長得和霧子一模一樣的海，從小就經常被誤認爲女孩子。海從0歲就開始上幼兒園，伴隨他的成長，海的個性也開始顯露。海從不拿像是男孩子會喜歡的東西。娃娃、布偶、漂亮的拼圖、色彩繽紛的色紙……。這些才是海喜歡的東西。和「普通」的男孩子有些不同。不過，我想要尊重海的個性。無論是衣服、髮型，都按照海喜歡的樣子。在攝影師裡有不少所謂的GAY，我對這些人沒有偏見。如果海也是的話，我不會讓他在成長的過程中受到任何傷害，我在心裡發誓。

可是，霧子就不一樣了。與其說是霧子，應該說問題是出在霧子的母親。敵人就在身邊。

「既然是男孩子，就要讓他更像個男孩子才對。」

霧子的母親會這麼說，然後寄來藍色系的運動品牌服飾，以及汽車、電車等的圖鑑。霧子也順從母親的話。她讓海穿上母親送來的衣服，讀恐龍圖鑑給海聽。那種時候，海都會用有些困惑的表情看著我。海絕對不會說「我不要」、「我不想穿」之類的話。看到年幼的海顧慮母親的心情，令我感到難過。我脫下海被迫穿上的衣服，替他換上粉紅色的衣服，然後叫他去玩娃娃。這次換霧子沉默了。現在回想起來，或許就是從那個時候，兩個人之間開始產生了裂痕。

伴隨海的成長，霧子也被逼到必須放棄演戲。她任職於一間小公司，以事務員的身分工作，成爲和普通孩子有些不同的海的母親。我想這些應該都不是她腦海中所浮現的未來吧。

霧子的身邊出現了其他男人，回家的時間越來越晚，到了去幼兒園接海的時間，人也不見蹤影。這樣的事情一再地發生，我和霧子也因此產生了衝突。雖然在海的面前，我儘量不讓他看見這些場面，不過或許海感覺到了我們兩個人之間緊張的氣氛，他開始頻繁地尿床。我覺得我曾經見過這樣的景象。海正在經歷和我童年時一樣的遭遇。雖然我這麼想，卻無法避免與霧子間的衝突。「別在意。」我所能做的，只有摸摸海的頭，然後把濕的被子拿去曬乾。不過我還是有種不好的預感。

在海五歲那年，我的預感成眞。工作結束後去幼兒園接海，回到公寓時，霧子的痕跡完全消失了。她使用過的東西、衣服、化妝品、鞋子……彷彿變魔術似的全都不見了。雖然並非完全地空空蕩蕩，不過和我小時候看見的那間公寓的房間一樣。和母親消失的時候一樣。

顯然也察覺到了吧，海抓著我的手放聲大哭。

「沒事的，海。爸爸會一直和海在一起的。」

我一邊說，一邊緊抱住海，撫摸他柔軟的背。感受著一根根發育中的脊椎骨的同時，我意識到自己成爲了所謂的單親爸爸。

在東京生活不下去，爲了找尋工作，我帶著海像是逃難似的搬到了二線城市。只要是兩個人可以勉強維持生計的地方，去哪裡都無所謂。最後落腳在冬天時乾冷的寒風會從山頂上吹下來的城市。在那裡的影印機出租公司找到了正式社員的工作，工作內容是前往設置有影印機的事務所和公司，進行機器的修理和調整。爲了維持和海的生計，對於工作不能挑三揀四。回想起來，那個時期應該是我最「認眞」工作的時候。

說實話，身爲一個單親爸爸並不是件輕鬆的事。儘管白天可以託付給幼兒園，但除此之外的時間，必須扛起家事和教養的責任。不過，海是個很好照顧的孩子，不但不會任性、也不會哭著找媽媽。也因此我更加憐憫海。

我在這個城市遇見了美佐子小姐。與霧子相反，她是個獨立自主的人。

我確實喜歡美佐子，她本身也沒有像霧子那樣不安定的要素。然而，隨著關係加深，她開始給我一種綁手綁腳、喘不過氣的感覺。我沒能將這種感覺告訴她，持續著兩個人的交往。

現在回想起來，或許是我引導她成爲海的母親也說不定。和大杜鵑的托卵寄生②相同。在其他鳥類的巢中產下自己的卵，託付其他鳥類，逃避養育責任。

我感到無法呼吸。我根本就無法責怪霧子。因爲我和她一樣，都是不成熟且罪孽深重的人。想在東京再次從事攝影工作的慾望，如同餘燼似的在我內心不斷地燃燒著。不，其實我只是把自己的壓抑，以對自己有利的說法，置換成對於表現的慾望罷了。週末，我把海交給美佐子小姐照顧，便離開家裡。去東京見了攝影師時期的老師，告訴他我想再次從事攝影工作。

「你的孩子怎麼辦？」

「隨便怎樣都行。」

老師雖然露出了不可置信的表情，不過還是答應會給我一些工作。我在現在居住的城市租了一間六張榻榻米大小的房間，雖然一打開窗戶，便會感受到

註②：托卵寄生，是某些鳥類將卵產在其他鳥的巢中，代為孵化和育雛的一種特殊的繁殖行為。

隔壁建築物的牆壁帶來的壓迫，但在那裡，我覺得自己可以深深地喘口氣。平日是影印機出租公司的正式員工，週末從事攝影師的工作。無論是拍攝結婚典禮、孩子的慶祝活動或是全家福，我都很開心。我覺得這才是我應該做的事情。隨著攝影的工作增加，我時常在平日無故缺勤。海有美佐子小姐。一個比我更可靠的人。我當然有些罪惡感。不過，我無法戒掉攝影。只要我一直拍下去，總有一天會抵達專屬於我的成就吧。我無法捨棄這種幼稚的想法。正是這種想法的驅使，在海七歲時，我留下一張字條，從那個城市的公寓失去了蹤影。

不過，我沒有打算拋棄海。我隨時都打算回去。我也思考著往來於東京和那個城市之間的生活。對於我這種天眞的想法，堅決抱持反對意見的是美佐子小姐。

「海的情緒會變得不穩定的。你才是海的親生父母。」她說。

「登記的話我便能成爲海的母親。」她同時說。

在那之前，我一心以爲是我拋棄了海和美佐子小姐。但並非如此。是我被海和美佐子小姐拋棄了。

「實在是太亂來了，有夠傻眼……」

戴著口罩，名爲沙織的女孩子說。或許是在意妝容吧，她對著從包包裡取出的手拿鏡，用手摸著自己的睫毛。

「根本沒有做爲父母親的資格吧。」

口罩拉到下巴的璃子，氣到眼睛都變成了三角形。太陽穴的青筋清晰可見。我似乎很久沒有看到如此生氣的人了。

我坐在一間如今少見的咖啡專賣店的沙發座位上。在忍的家吃完海做的料理後回家途中。我和海的朋友璃子到半路是同一條路線，於是一起回去。我硬是吃了許多海做的料理，肚子撐得鼓鼓的，頭也因醉意感到暈眩，一步也不想再往前走了，於是對身旁的璃子開口。

「找個地方喝點東西吧。」

如同低級把妹高手的邀約話術，璃子露出了銳利的眼神。

「加上我朋友的話可以。她在附近打工，就快要下班了。」她拿起手機說道。

「妳有朋友喔？」我回話，璃子用像是看著殺人犯的眼神瞪我。

過了一陣子，到來的人是和璃子類型完全相反的沙織，聽說是海他們高中時同屆的同學。

至於爲什麼會聊到這個話題，由於喝了太多葡萄酒的緣故，我已經搞不清楚了，不過當我回過神來，自己正遭到璃子如同審問般的連番提問，不知不覺把自己半生的經歷全說了出來。

「是啊……，做爲父母親實在是太不負責任了。」

雖然後悔說得太多，但卻又有種輕鬆的心情，眞是不可思議。說不定，我一直希望有人能聽我說說自己的事。我的話裡沒有謊言。因爲我就像我所說的那樣活到今天，無法逃避，也無法隱瞞。無論璃子，或是她的朋友沙織對我說了什麼，我都無法反駁。

然而，她們充滿責備的眼神讓我感到不舒服，忍不住以幼稚的諷刺回敬。

「這麼說，妳們人生中沒有任何愧疚是嗎。沒有任何見不得人的事情是嗎？」

璃子嗤之以鼻地說。

「怎麼可能會有。對吧。沙織。」

「……」

剛才的那股氣勢不知道跑到哪裡去了，被我這麼一說，沙織的眼神變得黯淡，目光落在桌角上。過了一會兒，璃子似乎意識到了什麼，露出了驚訝的表情。

「那個……我……」

沙織一開口，璃子便搶先一步說道：

「那種事情，根本沒有必要告訴這個人！」

但沙織沒有停下來。

「我，高中的時候……」

「不不不不不。都說那種事已經不重要了。」

璃子說完，坐在旁邊的沙織把身體轉向璃子，拉下口罩。

「不，璃子。這個人雖然一無是處，但畢竟是海的父親對吧。所以我也應該向這個人道歉才對，不是嗎？而且，我覺得這個人應該願意聽我說的話……」

沙織說完後，拿起咖啡歐蕾的匙子，再放回了碟子上。

「我，真的很難受……」

「想說什麼就說吧。我都願意聽。」

我不假思索地說。沙織看著我的眼睛。雖然眼睛周圍有著華麗的妝容，卻掩飾不了眼神裡的稚嫩。沙織輕輕地深呼吸了一下，然後開口說道：

「嗯。忍……。在海同學之前，我曾經和忍交往過……」

「喔？是這樣啊。」

這件事我的確是第一次聽到。

「是的。正在和我交往的忍，突然間就愛上了海同學。因爲我被甩了，覺得很不甘心，於是四處宣揚了忍喜歡男生的事情。」

沙織的眼眶微微地泛紅。璃子把手疊放在沙織的手上。

「對不起，我說大叔是個不負責任的人。其實我才是最差勁的那個人。」

沙織抬頭看著我的眼睛。

「我想我也對海做了過分的事。把忍和海同學的高中生活搞得一團亂的人是我。」

沙織一邊說，一邊低下了頭。

「……那些事情，我想海並沒有往心裡去。」

當我下意識地這麼說，璃子突然大聲說道。

「不，你說那些事情，其實你根本不知道海內心眞正的想法吧？綠亮的，我是說，綠亮先生的。」

「叫我綠亮就可以了。」

「聽完綠亮說的話，眞的搞不懂到底誰才是大人了。重要的事避而不談，卻相信別人會理解你，綠亮，是不是過分依賴比你更像大人的海和美佐子小姐了呢？」

「過分依賴啊，妳說得沒錯。」

我的聲音也不小心大到不輸給沙織的程度。店裡顧客的目光全都往我們這桌集中了過來。「小聲一點。」璃子把食指擺在嘴巴前面，如同呢喃似的說。

我和沙織點點頭。沙織輕聲細語地說道。

「我覺得，綠亮先生應該也很清楚才對。明明知道是不對的事，卻還是會去做，人有時候就是這樣，璃子。」

「幹嘛！怎麼連沙織都這樣。」

「噓。」

這次輪到沙織把食指擺在嘴巴前面。

「至少我不像璃子一樣，是可以抬頭挺胸地說自己沒有做錯什麼的人。我明明清楚地知道，那麼做會傷害到忍和海同學，但我還是做了。我眞是個大壞蛋。特別是對於忍來說……」

說到這裡，沙織開始啜泣了起來。店裡顧客的目光再次往這裡集中了過來。好像是我把沙織惹哭了似的。爲了不讓別人這麼想，我對著所有投來無禮目光的顧客微笑。

「等等等等，沙織妳先別哭！」

璃子急忙從托特包裡拿出毛巾手帕，遞給了沙織。璃子看起來也快哭了。

「已經發生的事情無法抹滅。所有人都是背負著那些繼續生活下去的。」

於是我說道：

「綠亮不要說這種多餘的話啦！」

璃子用壓抑的聲音瞪著自己。已經完全是綠亮的樣子了。我是無所謂啦。

「嗯。不過呢，璃子和綠亮願意聽我說，雖然只有一點點，但我覺得輕鬆些了。一個人獨自承受的高中時期，每天都像在地獄一樣。每次看到忍，就有種被責備的感覺。雖然這些全都是我的錯。……但真的很難受。」

「妳還愛著忍對吧。」

我這麼一說，咻——淚水從沙織的臉頰滑落。

「綠亮，不要再一直說多餘的話惹哭沙織了……」

璃子說。沙織接著說：

「請不要再說了。」

「我不說了。不過，妳們真是彼此的好朋友呢。」

聽我這麼一說，璃子的耳朵都紅了。

受不了店裡那些顧客的目光，璃子、沙織和我離開了那間咖啡專賣店。送兩人到車站後，我走進了車站後面的居酒屋。明明剛才還覺得再也喝不下了，現在卻十分的想喝酒。我點了生啤酒，把很快就送來的啤酒喝了下去。苦澀的泡沫帶著刺激地滑過喉嚨。

剛才璃子說的「重要的事避而不談，卻相信別人會理解你，綠亮，是不是過分依賴比你更像大人的海和美佐子小姐了呢？」這句話，深深刺痛我內心的某個地方。確實是這樣，我一邊想一邊喝下啤酒。我只喝了一杯便離開了店裡。搭上電車回到自己住的地方。我抬頭看著老舊的公寓。我拋棄了海，離開了美佐子小姐，說著想要有所表現這種幼稚的話，結果是來到這種地方嗎？沿著鏘鏘作響，滿是鐵鏽的階梯往上走的同時，美佐子小姐、霧子和海的臉揮之不去地出現在我眼前。

打開玄關門之前，我從牛仔褲後面的口袋拿出了手機。我按下了再熟悉不過的電話號碼。電話響了幾聲，在轉接到語音信箱時，我掛上了電話。不是霧子或海，我想聽聽美佐子小姐的聲音。一想到這個時間她還在工作，我再次對於自己的無能感到厭惡，即便如此，我什麼也做不了，對於自己變成這樣的男人，我無言以對。從因爲肚子餓在麵包店裡偷麵包的那一刻起，我完全沒有成長。想到這裡，在忍的家裡喝下的那些葡萄酒的醉意，讓我的太陽穴開始感到緊繃。

我和海住在附近，想見面的話隨時都可以見面。想是這麼想，但我從未去過海的公寓。

也不是不想見面。不，或許可以說自己害怕面對海。

如果是邀請我去海的男朋友忍的家裡，我會毫不猶豫地去，也許是出自內心認爲海不會在那種場合責怪自己的僥倖想法。

那天身體因爲工作而疲累不堪，心想不管什麼都好，去了便利商店尋找恢復體力的能量飲和晚餐。當我把手伸向冷藏架時，一隻白皙纖細的手和我伸向同一瓶能量飲。

「啊。」

我以爲是個女孩子，看了臉之後原來是海。他和我一樣一臉倦容，眼睛下方有著深深的黑眼圈。我不禁開口問：

「今天是不用打工的休假日嗎？」

「嗯。今天店裡公休。不知道怎麼了，身體陣陣發冷……」

海一邊說一邊摸著自己的身體。我摸了一下海的額頭。非常的燙。

「這種情況不是來超商，應該是要去醫院吧。」

「只要喝能量飲，再吃點感冒藥就會好了。」

「等一下。」

我阻止了打算離開現場的海。我把速食粥、果凍、柳橙汁放進自己的購物籃裡。

「有體溫計嗎？」

海搖了搖頭。我把體溫計放進購物籃，然後去結帳。

「走路沒問題嗎？」

「沒問題。我都走到這裡來了。」海雖然笑著這麼說，腳步卻不穩。我把肩膀借給他。接觸到海的地方都濕濕熱熱的。我的公寓離超商比較近。況且我也不放心讓海一個人睡在他的公寓裡。

「我家應該比你那裡乾淨，去我那裡睡吧。」

聽我這麼說，海微微地點頭。我扶著海，兩個人搖搖晃晃地向前走去。不知不覺間海已經長得和我一樣高了。這種時候海第一個依賴的應該是忍不是嗎？是不是兩個人之間發生了什麼事呢，我一邊走一邊心想。

兩個人辛苦地走上公寓的階梯、打開房間的門鎖。六張榻榻米大小的單間公寓。窗邊擺放著一張單人床。我讓海躺在床上。因爲海說冷，我從櫥櫃裡拿出毛巾和毛毯，蓋在被子上。海的臉很紅。我把剛剛買的體溫計夾在他的腋下。三十九度。我想可能是確診了。但是，現在已經晚上八點多了。即使打電話去發燒門診，也不一定能馬上看診。

「喉嚨會痛嗎？」

海閉著眼睛，無聲地搖頭。

「發這麼高的燒，實在令人不放心。總之，今天就先在這裡睡。肚子會餓嗎？」

海再次搖頭。

「不過，吃藥前還是必須吃點東西才行。」

說完，我從超商的白色塑膠袋裡拿出一個果凍。打開包裝，用超商給的塑膠匙把果凍送到海的嘴邊。

「我又不是小孩子。」

海輕輕地笑著起身。海自己一口接著一口吃果凍。我用廚房的杯子倒了杯水給海，再讓海吃下家裡的感冒藥。

「想睡的話就睡一下。不想睡的話閉著眼睛休息也好。」

我重新把被子蓋好，把擰乾的濕毛巾放在海的額頭上。海閉著眼睛。

我用幾乎聽不見的聲音輕輕地嘆了一口氣，肚子發出了聲音。對了。我是去超商買晚餐（應該說是小菜）的。於是我走到廚房，翻了翻冰箱。似乎沒有馬上就可以吃的東西。冷凍庫裡有一球不知道什麼時候買的冷凍烏龍麵。雖然上面已經結霜，不過也沒有其他選擇。

我用小鍋子燒開水，把冷凍烏龍麵放進去煮。把很快便煮熟的烏龍麵倒進碗裡，淋上醬汁，再撒上柴魚片。我站在廚房裡吃著簡單的晚餐。

「只有這樣？」

背後傳來微小的聲音。我回頭，躺在床上的海朝著這裡看。

「只吃這樣夠嗎？」

「還沒到發薪日。沒有辦法。」

說完，我再次背對著海，吃著烏龍麵。烏龍麵一下子就吃完了，我把碗放進流理台後，在床邊坐了下來。

「會不會不舒服？」

海沒有直接回答我的問題。

「要是沒有生病，我就可以做些料理給爸爸吃了。」

「是啊。下次再做些好料給我吃。總之，今天就在這裡睡吧。」

有好一陣子，海都沒有說話。時鐘的指針滴答作響。隔壁隱約傳來說話的聲音。待在這個房間裡時，會讓我想起在那個城市最初住的公寓。那個房間的牆壁也很薄，當時海經常被鄰居的鬧鐘吵醒。冬天時特別的冷，我和海會裹著同一條毛毯睡覺。年幼的海身體很溫暖，鼻尖觸碰到他柔軟的頭髮時會覺得很癢。

我的視線落在海的身上，看他是否睡著了。海戴著口罩，只能看到眼睛的部分，不過我覺得海的眼睛和霧子眞的很像。自從霧子離家，我幾乎沒有再見過她。雖然說曾經是心意相通的對象，但是現在，我沒有想要對她說的話。當然，我也沒有資格責怪她。因爲我也做了相同的事情。我也沒有權利責難她是個缺乏母性的人。我和霧子本來就不是應該成爲父母親的人。

海閉著眼睛開口。

「發燒的時候，總會想起美佐子小姐。想起她曾經背著我奔跑……。和爸爸一起生活的時候，應該也有過那樣的事情吧，不過我不太記得了。」

「那是你……」

我的聲音變得沙啞。

「因爲當時海年紀還小。」

「媽媽離開的事情，我也不太記得了。當時我似乎有放聲大哭……。不過，爸爸離開的時候，我倒是記得很清楚。美佐子小姐做了法式吐司，安慰快要哭出來的我。很甜的法式吐司。那個時候，吃了之後我便心想，長大以後我也要做料理。」

「……這樣啊。」

「爸爸，那個時候你不喜歡美佐子小姐了是嗎？」

「……不是那樣的。」

「既然如此，現在開始也好，爸爸應該和美佐子小姐一起生活才對。這世上再也找不到那麼好的人了。如果沒有美佐子小姐，我根本不可能活到今天。」

海的話聽起來有些像是謊言、也像是小孩子的任性耍賴。不過，一切就如同海說的一樣，海的話完全沒有錯。不過，我真的很害怕。海的話讓我害怕。直到今天，我從來沒有像這樣面對過海。那種感覺就像是沒有寫完的作業突然被推到了眼前一樣。

「爸爸和媽媽，爲什麼會想要把我生下來呢？明明兩個人都沒有要養的念頭。」

海的話裡混雜著些微的憤怒。

「我的外表也好，性格也好，喜歡男生的事情也好，由於和普通的男孩子不同，這一路走來吃了不少苦頭。美佐子小姐人眞的很好。完全接納了那樣的我。不過，我想是因爲美佐子小姐和我沒有血緣關係，正因爲是外人，才能對我這麼好。因爲美佐子小姐對我很好，所以我一直裝做沒事的樣子。我努力不讓自己哭。即使被霸凌也會裝出不在乎的表情。可是你知道嗎？我其實一點都不覺得沒事。在那種時候，爸爸卻把一切都丟給美佐子小姐，然後消失不見。」

我靠近海，拿起放在他額頭上的毛巾。毛巾因爲熱度變得溫溫的。海握住了我的手。海的手很燙。不知道是因爲淚水，還是高燒，口罩上海的眼睛泛著紅光。

「爸爸，爲什麼你拋棄了我？」

這也是我自己幾十年前就想問母親的問題。明明知道那種悲傷，爲什麼還會做出讓海有同樣遭遇的事情呢。呆呆地站在空蕩蕩的公寓裡的年幼的我，身影和年幼的海重疊在一起。令人難以承受的沉默。儘管如此，我還是開了口。

「海，我沒有拋棄你。只是離開你而已。」

海用打從心底傻眼的眼神看著我。我明明清楚得很。要是從自己的母親那裡得到這種回答，我也不可能會接受。

「這種話，不是爸爸應該說的吧。你認爲我和美佐子小姐可以接受這種說法嗎？」

滿臉通紅的海試圖起身。我用力把他壓回床上。戴著口罩的兩個人自然地變成了面對面的姿態。

「是我太自私了，是我傷害了海。」

「沒錯！我渾身是傷。因爲爸爸自私地拋棄了我。在那之後的一切都不順利。我想和忍好好在一起，但忍根本就不理解我。他覺得我不過是個輕浮的傢伙罷了……」

海把臉轉過去，蜷曲著身體放聲哭泣。我沒有聽過這個聲音。海小時候的哭聲，我記得很清楚。在海變聲長大成人後，這還是我第一次聽到他的哭聲。我輕輕地撫摸海的背。我回想起海小時候，當他發燒，身體不舒服或者是被霸凌的時候，我總是這樣撫摸他的背。霧子離開當時，那彷彿快要斷掉的脊梁，如今也完全是大人的樣子了。

維持著這個動作好一段時間。隱約聽見了海睡著後的呼吸聲。我替海整理好被子，讓他筆直地躺好。海的眉間有深刻的皺褶，眼角上有像是小小的玻璃彈珠般的淚滴。我拿起變得溫溫的毛巾，到廚房用水浸濕、擰乾。然後再把毛巾放回海的額頭上。我蓋上毛毯，在海的床邊躺下。夜裡，我醒了幾次，摸著海的額頭。不知道是不是藥起了作用，燒慢慢地退了。我放心地閉上了眼睛。

我做了幾個夢。包含不斷夢見的在母親離開後空蕩蕩的公寓房間。也夢見打算從美佐子小姐和海所住的公寓離開的自己。那是個寒冷的日子。每走一步，吐出的氣息都是白色的。對不起、對不起，我一邊在心裡呢喃，一邊往前走。我打算去取回遺忘在東京的夢想。可是，把海留在美佐子小姐那裡，這眞的是我想要的嗎？我在夢裡這樣問自己。

清晨，我冷到醒了過來。季節在不知不覺中更迭。夏天早已結束，經過了秋天，來到了初冬。我伸展了身體，發現到自己身上蓋著毛毯和被子。對了，昨天海過來這裡……。我起身往床的方向看。用手觸摸，床單是冷的。海已經不在了。床已經整理好，濕毛巾也折好擺在流理台旁。

「我沒有拋棄你。只是離開你而已。」

昨天對海說的這句話，似乎還徘徊在這個房間裡。海沒有接受它。不過，我心想。

只要活著，總還有機會。或許只是天眞的幻想。如果要說自己的人生裡有什麼尙未完成的事情，那就是和海建立身爲親子，不對，應該說身爲人和人之間的深厚關係。我和母親在那之後就沒有再見過面了。母親獨自死在遙遠的東北地方，這件事我直到二十歲時才從阿姨那裡得知。沒有見到她最後一面。母親和我是這樣的關係。不過，我還活著。我可以再次建立和海之間的關係。我的餘生，還有很多可以爲海做的事情不是嗎？還沒有做到爲了海而活不是嗎？只要海願意，我會盡我所能，把自己的人生奉獻給海。雖然是有些浮誇的想法，但也不是做不到的事情。

我和我的母親不同。我希望是這樣。

我一邊想一邊打開冰箱，打開昨天買的能量飲的蓋子。我一口氣喝下有著獨特苦味以及人工甜味的液體，然後深呼吸。在流理台洗手。此時，我的頭部後端感覺到如同重擊般的劇痛。我還來不及蹲下，便往後倒下了。砰地一聲，激烈的撞擊。我仰臥在空無一人的廚房地上。我看著天花板上奇怪的廉價圖樣，卻無可奈何。過了一陣子，我聽見了不知何處傳來的救護車的鳴笛聲。爲了海，我要活下去。我還要再見到海。在逐漸模糊的意識中，我回想起自己背著發高燒的海，跑在前往醫院的路上的那些夜晚。

最終話

海

校園生活一天比一天忙碌。再加上爲了維持生計的打工。要是減少了打工，日子便會過不下去。所以，我只能咬緊牙關、全力以赴了（這是我生平第一次）。

這段時間，忍的事情一直在我腦海裡。隨著見不到他的時間累積，思念也越來越深。可是，我打他手機他不接，也無視我的LINE和訊息。去忍住的公寓找他不就好了？我也曾經這麼想過，但事實是，我連那種時間也沒有。那麼，我到底該怎麼做呢，心裡想的同時，光是自己的事情便力有未逮，日子轉瞬間溶解，消失在遠方。無止境的炎熱終於過去，世界正從秋天走向冬天。我在東京，度過了沒有忍在身邊的季節。

在只蓋一條毛毯睡覺身體會感到寒冷，剛剛進入十一月的禮拜天早上，一個紙箱寄來了我住的公寓。寄件人是忍。不用打開紙箱，我也大概能猜到，紙箱裡面裝的是我的東西。所以我不想打開它。因爲裡面如果裝了我常穿的T-shirt之類的東西，我會很受傷。

我看著用封箱膠帶仔細封好的物品，彷彿被迫面對自己最害怕的事情。我和忍的關係是否到此結束了呢。不，以我和忍的關係，不會有這種事情的。我試圖讓自己相信。所以，我儘量不去看紙箱，就這樣把它擺在玄關，用口罩掩飾不開心的臉，一天又一天地過著日子。

我完全不想就這樣結束和忍之間的關係，雖然忍對於我和打工場所的店長之間有些誤解，但那種事情和我們的關係可說是毫無關聯。即使現在我們之間有些距離，我和忍的關係會永遠地持續下去。對於這一點我沒有任何懷疑，我的心中也沒有絲毫的雜念。

話雖如此，每當鑰匙圈上忍的公寓鑰匙因晃動而發出聲音時，我的心也跟著搖擺。我只是單純地想見到忍。像曾幾何時的那天一樣，和忍一起洗澡，讓他幫我洗身體。想要他撫摸我的頭髮，親吻我各個地方。想要在忍的房間裡的藍色床單上，兩個人像小狗一樣依偎著入睡。爲什麼不和我聯絡呢。我的心情扭曲，不知道該從哪裡解開這纏繞成一團的線。

偶然遇見父親的兩天後，上完課走出學校時，看見璃子雙手交叉站在校門外。

璃子一看到我，臉上的表情變得有些可怕。雖然我說了我還有打工，璃子卻說只要五分鐘就好，然後像是押送似的，勾住我的手打算往學校附近的老舊咖啡店去。那間店和我在那個城市時打工的店有些類似。周圍的同學們，用像是看著稀有動物的眼神，看著我和璃子。無法忍受那種目光的我，飛快地衝進了店裡。

沒有什麼顧客的店裡，我和璃子面對面坐在包廂座位。我也有一段時間沒見到璃子了，不過璃子和在那個城市的時候一樣，幾乎沒變。如果對璃子說她依然像個高中生似的，璃子應該會生氣，於是我選擇了沉默。

「是不是會講很久？」璃子沉默不語，所以我開口問。

「嗯，應該會吧。」璃子露出帶有諷刺意味的笑容回答。

我立刻走到店外，打了通電話去打工的地方。

「不好意思。我會晚一點點到。」

「有急事？」店長的聲音震耳欲聾。

「……不好意思，不知道爲什麼覺得背部發冷。」

我下意識地撒了謊，事實上，我的胸口感到刺痛。

「這樣的話，今天就不用來了。反正今天晚上沒有預約的客人，海不在應該也沒問題的，我想。你最近身體似乎不太好，今天休息一下，趕快把身體養好吧。」

「眞的很不好意思。」

對於店長的話，我帶著些許罪惡感，連連低頭道歉後，掛上了電話。

回到店裡，脫下了口罩的璃子，正在喝著可可。我的位子前面擺著一杯熱咖啡。

「不好意思。」我再一次在璃子的對面坐了下來。

「所以妳想說什麼？」我明知故問。

璃子往手中的杯子輕輕地吹了一口氣，慢慢地喝了一口可可，然後開口說道。

「是關於忍的事情。忍在沒有和海見面以後便越來越瘦，除了去大學以外足不出戶。感覺像是生病了之類的……臉色應該說是慘白還是透明呢。而且……」

「什麼？」

「忍已經不在那間公寓裡了。忍的父親把公寓退租，強迫忍搬到東京的親戚家裡……」

「欸，忍已經不住在那裡了嗎？」

「忍的父親說不再給予忍自由的權利了。」

「所以才會把我的東西寄回來啊……」我無意識地低頭看著桌面。

「不過，在那之後，忍完全沒有來找過海吧。所以我說忍……」

「才不是。我不曉得聯絡過他多少次。可是，電話和 LINE 都沒有回應，我自己的課業和打工也很忙碌……」

「我懂，不過是否有些過於忽視了？海，你也太漫不經心了！」

我完全無法反駁。

「璃子，妳可以幫我聯絡忍嗎？」

「蛤！這種事也要麻煩我！」

「因爲我聯絡的話也得不到回應。即使忍說不想再見到我，我也不願意就這樣和忍分開。不要告訴忍我在這裡，把忍叫到這裡來。好嗎？拜託了。」

我對著璃子雙手合十。璃子雙手交叉，沉思了一陣子後說道：

「眞拿你沒轍……，不然要不要在我的房間見面？這裡的話，我想忍不會來的。因爲那個人幾乎不出門的。」

璃子一邊說一邊從包包裡拿出手機，當場幫我傳了訊息給忍。「啊。」璃子把手機畫面拿給我看。

「馬上過去。」簡短的一句回覆。我壓抑著湧上心頭的忌妒，詢問璃子。

「妳用什麼理由叫他出來的？」

「我說我的電腦壞了。」

「這點事情就可以把他叫來。所以只要是璃子的事，他隨傳隨到是嗎？我的電話和 LINE 他就完全不回！」

「正因爲是一點也不重要的事情好不好！不要再深究了，只會讓我覺得更可悲！」

璃子不知爲何撇過臉去，走出了店裡。我付了兩個人的錢，跟在璃子後頭。

璃子的家距離我的學校所在的車站，搭電車大約十五分鐘的樣子。不知道忍會從哪裡過來，「快點、快點。」璃子不斷地催促我。

之前和忍一起來過幾次，璃子的單房公寓裡只有床和書桌、書架，相當地簡潔。不過，書架裡從上到下塞滿了BL書籍就是了。

我和璃子坐在房間正中央的地毯上，等待忍的到來。說實話，我非常地緊張。因爲我終於了解到，忍似乎比我想的還要更生我的氣。對於自己的草率，我懊悔不已。

等了一陣子，門鈴響了。璃子和我對視。嗯，璃子點頭，我也點頭，然後璃子站了起來。璃子走向玄關，打開了門。忍站在那裡。當忍往屋裡一看，發現我也在時，便打算直接關上門。璃子趕緊拉住了忍的手。

「忍，你先等一下！」

我也站了起來，往忍的方向走近。璃子開口說：

「我說，你們好好談一談會比較好，忍。」

和璃子剛剛形容的一樣，忍瘦了好多，或者是說看起來很憔悴。臉頰的凹陷，眼睛下方的黑眼圈，看上去都覺得可怕。忍的身體是不是出了什麼問題呢。

璃子拉著忍的手臂，試圖硬把他拉進屋裡。或許是被這股氣勢所逼迫，忍不情願地脫下了運動鞋。忍在我面前坐下。忍的身體和紙片一樣薄，我眞的很擔心他的健康狀況。忍則是很不自然地不看著我。忍的視線落在我們之間的小圓桌的桌角上。

「那麼，我去一下便利商店。」璃子說。

「我希望妳留下。」忍用清楚的聲音說。璃子看著我的臉，沒辦法了，她露出這樣的表情，在床邊坐了下來。

不管課業和打工再怎麼忙碌，把忍弄成被獨自拋棄的狀態，把事情搞成這樣的人是我，一想到這裡，我覺得自己眞是個無可救藥的大笨蛋。忍不如我想像中的堅強。他敏感且容易受傷。我不應該和忍保持距離的。無論被拒絕多少次，我都要待在他的身邊才對。這些道理我明明都懂。雖然不知道要從什麼地方切入話題，但對於忍可能在意的事情，我覺得我必須道歉。

「忍，我說了很多次，這一切都是誤會。我和忍看到的店長之間，眞的什麼也沒有，除了忍之外，我沒有其他喜歡的人。」

「……」

「忍，我們好不容易才來到東京。在這個城市，沒有人會散布關於我們的流言蜚語。在這裡，我們可以按照自己的方式生活。好嗎拜託你了。和我再一次……」

說到這裡，忍的臉皺成一團。忍開口說：

「由於我的緣故，母親病倒了。因爲母親太過於擔心我了。父親不斷地責備母親的教養方式出了問題。這一切都是我的錯。是我的存在把母親逼到了這個地步。」

我不由自主地伸手摸了忍的臉頰。忍不耐煩地把我的手撥開。我感到很難過。忍再次開口：

「如果沒有遇見海，我還是原來的那個我。可以輕鬆地活在這個世界上的我。不會被塗上鮮紅色的油漆。如果沒有遇見海，我應該可以一直隱藏眞實的自我，以普通人生活下去。」

「這是忍的眞心話嗎？我們的相遇自始至終是個錯誤？要是我們沒有遇見就好了嗎？」

「……」忍拚命地忍住不哭。但眼淚還是掉了下來。

我伸出手，摸著忍的臉頰。溫暖的淚水流過我的手背。忍的手摸著我的手。忍的手也很溫暖。那是流著忍的血液的手。

「忍的母親的事不是你的錯。忍沒有任何錯。」

我把自己的掌心移動到忍的脖子上。可以感受到脈搏的振動。那是忍活著的證明。此時，一顆抱枕砰的一聲落在我的肩膀上。

「你們都給我回去！一旦你們兩個人在一起，就看不見周圍的事物了。後續你們兩個人自己去解決。這裡是我的房間！」

不知為何，雙眼通紅的璃子哭吼著。

「可是，我原本想說今天做點什麼料理，大家一起吃的說。」

「你是不是傻了？好不容易才和忍和好了不是嗎？至少今天也該和忍單獨相處吧。對忍來說，因為有我在，他也不太方便向你撒嬌吧。你們快走啦！去！去！」

璃子彷彿在趕流浪狗似的，把我們從房間趕了出去。匆忙地套上運動鞋走了出去，大門便砰的一聲關上，然後聽到一個抱枕之類柔軟的物品丟擲到門上的聲音。我隱約聽到哭泣的聲音，不過忍抓住了我的手，我也抓住他的手，拉下口罩，當場親吻了忍的臉頰。不知不覺中，已經聽不到哭聲了，果然是我的幻聽嗎？我一邊心想，一邊和忍離開了璃子的家。

回家途中，無論是在電車裡或是在前往我的公寓的路上，我和忍牽著的手都沒有放開過。令我感到高興的是，平常不會在大庭廣眾下牽我的手的忍，沒有試圖鬆手。不管被誰看見，不管別人怎麼想，全都無所謂。如果忍也有著同樣的想法，那就更令人開心了。

打開我公寓的大門時，忍不禁瞪大了眼睛。雖然心裡明白，不過就連自己看了，也覺得這個房間眞的很亂。未洗的衣物、教科書、料理相關書籍等，在地板上和床上堆積、傾倒，形成各種地層。

「那個，我是眞的很忙。你可以理解嗎？」

忍點了點頭，儘管如此，忍還是簡單地整理了一下茶几前的區域，騰出了足以讓兩個人坐下的空間。

我急忙把流理台內的髒碗盤洗乾淨，準備做義大利麵。冰箱裡有從打工的店裡帶回來的鱈魚子以及有些枯萎的紫蘇葉。我打算用這些材料來做鱈魚子義大利麵。

我的公寓的廚房沒有能和忍肩並肩的空間，因此我一個人迅速展開了作業。我時不時回頭看，忍只是抱膝坐在地上，呆呆地望著這裡。

「馬上就好了！」聽到我這麼說，忍沒有拿下口罩，只舉起了一隻手。如果口罩下是笑臉就好了，我心想。

「完成！忍，好了好了，我們來吃吧。」

我先整理了一下堆滿各種物品的桌子，再擺上兩個盤子。忍拿下了口罩，手中握著叉子，但和我想的一樣，忍果然沒有什麼胃口。我用叉子把義大利麵捲起來，遞到忍的嘴邊，但忍只是沉默地搖了搖頭。彷彿一個不懂事的孩子似的。

不過，即便如此，我還是很高興。我希望忍可以再任性一些。

「不然，去洗澡！走吧！我們去洗澡吧！」

我把忍抱了起來，幫他脫掉衣服。

忍有些害羞地扭動身體，卻還是任我擺布。我也脫掉衣服，兩個人一起沖澡。以往在忍的公寓，忍會幫我洗身體，今天則是我幫忍洗身體。

忍的身體瘦到令我吃驚。我一邊洗一邊親吻忍的各個部位。在狹窄的浴室裡，由於差點滑倒，兩個人都笑了出來。即使是這種小事情，忍還是笑了，這讓我感到高興。我們把身上的泡沫沖掉，用被丟在浴室外的地板上，相較乾淨的毛巾，擦拭忍的身體。在我幫忍擦頭髮的時候，忍親吻了我。有點像個成熟的大人般的吻。忍從來沒有對我做過這樣的事情。那個吻讓我的體內開始發熱。

我把髒的床單取下，從衣櫥裡拿出全新的床單，匆匆地換上。雖然表面上做著無關緊要的事情，不過說真的我有些害怕。忍應該也和我有著同樣的心情。儘管如此，和忍對視之下，我的身體開始失去控制。

我和忍赤裸地相擁。我親吻忍的全身，忍也在相同的地方回以親吻。不受任何人打擾的幸福時光。我盡情享受著，同時希望這段時光能夠持續到永遠。我下定決心，把忍的那個地方含進嘴裡。這是我人生第一次做這種事情，但我想要這麼做。

忍發出了類似痛苦的聲音。

「忍，叫出來。」

雖然我這麼說，忍卻咬著自己的手臂強忍著。我把忍的手拿開，看著忍的眼睛。忍的瞳孔裡映照著我。我想要一直待在忍的瞳孔裡。忍也為我做了我為他做的事情。雖然我們曾經抱在一起睡過，但從來沒有做過更進一步的事情。由於兩個人都還不習慣，需要一些心思和努力。不過我們都盡力地讓事情往下發展。數不清的親吻和擁抱。在藍色的床單上，我們像魚一樣，渴求著對方。

不知道是不是太過疲累，我一下子便睡著了。深深的、深深的睡眠。

一瞬間醒來，在昏昏欲睡之中，躺在懷裡的忍對我說：

「今天的事，我一輩子都不會忘記。到死爲止。絕對不會忘記。」

我以爲自己在夢裡。即使是在夢裡，我還是回答了忍。

「你說這些廢話幹嘛？我們，今後還要一直、一直在一起啊。」

懷裡的忍向我貼近。深深的吻。好幾次，好幾次。

當我醒過來時，外面是如同深海一般的顏色。因爲實在太冷而醒了過來。

我不自覺地用毛毯裹住了身體。可是，應該在這裡的忍卻不在了。廁所和浴室都沒有傳來任何聲響。應該散落在床上的忍的衣服也不見了。有什麼東西碰到了我的手掌。一張折成四等分的紙掉落在床單上。我打開來看。忍用細細的字體寫著「謝謝，再見了。」。

「這什麼東西！」我不自覺發出聲音。我用拳頭捶了牆壁。此時，手機發出震動。雖然是不認識的號碼，心想有可能是忍，於是我接起了電話。結果不是。是醫院打來的。說是父親倒在公寓裡，被救護車送到了醫院。

當我抵達醫院時，父親早已沒了意識。

看著父親蒼白的臉，我領悟到，啊！父親的靈魂已經不在這裡了。美佐子小姐也沒能趕上。父親在我一個人的守護之下離世。我握著父親粗糙的手，流了一些眼淚。我回想起發燒的那個晚上，父親照顧我的樣子。想起了父親一個人吃著烏龍麵的背影，眞的很孤單。那天，沒能說出「謝謝」和「對不起」，便從父親家離開，如今也只能懊悔。

那天下午，美佐子小姐來了。即便看見了父親，美佐子小姐也沒有哭泣。我不經意地看著太平間裡對著父親雙手合十的美佐子小姐背影。一段時間沒見，我覺得美佐子小姐的身體似乎小了許多。美佐子小姐還是美佐子小姐，看到我便用驚訝的聲音說：「又長高了呢！」

醫院交給我的父親的錢包裡，有一張寫著「沒有辦喪禮的錢，請不要辦。貸款或是遺產都沒有。」的紙。

「既然如此，就按照他的希望去做吧。」

美佐子小姐這樣說，並且迅速地安排了火葬的相關事宜。

隔天傍晚，只有我和美佐子小姐兩個人前往火葬場，等待父親的遺體化成骨頭。美佐子小姐之前也很關心忍的事情，說不定也想問些什麼，不過美佐子小姐沒有對我提起。抱著比我想像中還要大的骨灰罈，我和美佐子小姐兩個人回到了我的公寓。之前使用過的餐具、床單還維持著原來的樣子。我突然覺得有點丟臉，捲起床單丟進洗衣機裡，急忙地整理起房間。

「那種事情不用在意。海應該也很累了才對。坐著休息一下吧。」

美佐子小姐說完，遞給我一瓶回家路上在便利商店買的茶。

美佐子小姐的膝蓋上，放著裝有骨灰罈的箱子。昨天爲止還活著的父親，如今已變成了這個樣子。

「眞沒意思。一段時間沒見，居然變得這麼小。」

美佐子小姐一邊說，一邊摸著箱子。我注意到美佐子小姐沒有塗抹任何東西的指尖，看起來相當地粗糙。和父親的手指一樣。

「雖然是個只顧自己，總是給別人添麻煩的人，不過如果不是綠亮先生，我不會遇見海。是他讓我成爲了海的母親。他教會我可以自由地生活。這樣就足夠了。我覺得他是個好人。人死了之後才說這些有點不公平就是了。」美佐子小姐說的時候，臉上帶著又哭又笑的表情。

「海就是海。可蘿就是可蘿。每個人都不一樣。不過我們想要待在一起。」

我不自覺地脫口而出。美佐子小姐笑了。

「明明自己一個人不曉得跑到哪裡去。……不過，和海、綠亮先生成爲家人的每一天，就像是接二連三的奇蹟般的瞬間。」

說完，美佐子小姐短暫地哭了一下子。

「能遇見你眞好。這是我人生中最美好的一段時光，最近我經常這麼想。」

「不要講得一副好像人生快要結束了似的。美佐子小姐身上今後一定還會有許多好事發生的。」

看著美佐子小姐開心地談論父親，浮現在我心裡的是忍。雖然父親過世，不過佔據在我心中的終究還是忍。不過，爲了不讓美佐子小姐擔心，我沒有說關於忍的事情。趴著的美佐子小姐頭頂上的蒼白，讓我意識到，這裡也有需要我好好珍惜的人。

「我的母親今後也一直是美佐子小姐。無論過去、未來，永遠永遠都不會改變。……我來做些晚餐吧。那麼我先出去買點東西。」

我對美佐子小姐這麼說，然後出了門。

走下公寓的樓梯時，我看了一下手機。沒有來自忍的聯絡。LINE和訊息也都沒有被讀取的跡象。我不自覺地想。要是沒有和忍發生肉體關係的話，我的心說不定會比較輕鬆。此時突然浮現一種想法。人生這種東西，遠比自己想像中的還要長。彷彿才剛出生的自己，年齡突然間就增長了。這是我有生以來第一次思考這樣的事情。

日子一天天的過。如今的我，不知道忍在哪裡，也不知道自己應該做什麼。不過，眼前有學校的課業和打工。這些我不能失去。

父親過世的一個禮拜後，在店裡快要打烊時，我看見了熟悉的臉。璃子和沙織站在店門口，臉上的表情略顯緊張。先不說璃子，沙織打從高中以來便沒有再見過面。臉上畫著漂亮的妝，和高中時期的樣子完全不同，不過的確是那個沙織。爲什麼會和璃子一起？正當我這麼想的時候，店長開口說道：

「是之前曾經來過的同學對吧？那麼你今天可以先下班了。」

「謝謝。」我鞠躬了好幾次，和那兩個人一起離開店裡。璃子開口說道：

「這樣的話，要不要來我家？家裡雖然什麼也沒有，不過至少可以盡情地聊天。」

按照璃子說的，我們三個人搭上快要收班的電車，前往璃子的房間。

一想到自從那天之後再度來到璃子的房間，在那個時候這裡的忍，我的心好痛。璃子把寶特瓶裝的茶倒進玻璃杯裡。璃子把裝在小袋子裡的花束遞給了我。之前我用 LINE 告知了璃子父親過世的事情。

「這個是？」

璃子開口：

「我和沙織的心意。要給綠亮的，不對，綠亮先生的。說實話，雖然不太善於和綠亮先生打交道，不過還想和他聊聊更多的話題。是吧。」

坐在璃子旁邊的沙織紅著眼眶開口：

「嗯，我也是。見到綠亮先生，向他傾訴我的心聲後，我感覺輕鬆了許多。我還有好多話想要傾訴，好多話想要和他聊。」

「咦，妳見過我的父親嗎？」

「透過璃子認識了綠亮先生，去喝過幾次東西。……啊，不過海同學，高中時候的事情我眞的很抱歉。」

沙織把手放在地板上，對著我深深地低頭。

「我對忍和海同學做了非常過分的事。」

我急忙握住沙織的手。

「別這麼說。已經沒事了。雖然那個時候我很生氣，但早就已經忘了。」

聽我這麼一說，沙織用手帕按壓自己的眼睛周圍。

「啊，妳別哭。看到妳這種表情，我也會想哭的。再說了，我們兩個人，現在也不是那種情況。」

「蛤！怎麼一回事？又發生了什麼事情嗎？」

璃子高分貝地說。我從皮夾裡拿出忍留下的那張紙條給璃子看。璃子看完那張紙後倒吸了一口氣。

「這個是……」

「忍打算要和我分手。但我完全沒有這樣的想法。」

「這件事情我也有責任。」

沙織垂著頭說。眼淚一滴滴地落在沙織的臉頰上。

「不。不是這樣的。這是我和忍之間的問題。」

聽完我的話，璃子起身走向廚房，開始做起了什麼。過了一陣子，璃子端著托盤走了過來，上面有三個裝著溫熱可可的杯子。璃子捧著可可給哭泣的沙織喝。我還是第一次看到璃子做這樣的事情。再說了，雖然說是沙織，但這也是我第一次見到所謂「璃子的朋友」。

如果細想高中時期的事，這兩個人應該不太可能成爲朋友吧？雖然心裡這麼想，但我只是靜靜地喝著可可。原本在哭的沙織，喝了可可之後也算是找回了冷靜。沙織開口：

「我父母親不是政治家嗎？他們的想法還停留在昭和時期。③我的哥哥從小時候開始，就一直被父母親逼著成爲政治家，結果現在變成了一個啃老族。」

「……這樣啊。」璃子喝了一口可可後說。

「從小就一直強調男生要像個男生，女生要像個女生。除此之外的組合根

註③：昭和時期為1926年至1989年。

本不被接受……。如果沒有發生任何事情，忍和我或許已經結婚了，我想。忍的父母親、我的父母親應該都很安心。不過……」

我開口說道：

「如果，我沒有上那間高中的話。」

沙織開口：

「什麼如果之類的，我認為並沒有這種事。注定要相遇的人就是會相遇。不會相遇的兩個人，無論如何都不會相遇。任何人都無法左右。」

璃子接著說：

「既然海和忍已經相遇，也沒辦法了。妳還是放棄吧。」

聽了她們說的這些，我只能沉默。我喝了一口有些冷掉的可可。眞的很好喝。沙織再度開口：

「其實……我從父母親那裡聽說，忍打算要繼承父親的衣缽。」

「什麼？」我不自覺地往前傾。璃子看著沙織的臉，對我說：

「不過呢，那其實是忍的父親想要讓海和……」

「和我分開，是爲了這個嗎？」

「嗯。這也是其中一個目的。應該是打算正式展開培養接班人的準備吧。爲了讓忍進入政治的圈子裡。」

雖然從沙織口中聽到這些話，但我的心裡，實在無法將忍和政治這兩件事情連結在一起。

「忍自己也想要那麼做嗎？」

「我是不這麼認爲啦。」璃子一邊大大地伸展一邊說。我的想法也一樣。

「聽說忍的母親生病了，這件事情是眞的嗎？」

沙織回答我的問題：

「說是生病，但不是什麼嚴重的病。因爲身體不適時常臥床……，不過女人嘛，不是有更年期這種東西嗎？我覺得應該是這個原因。而且，因爲擔心母親的身體，忍現在好像回到老家去了。」

說：

嗯——，我雙手交叉著思考。一定要去見忍。一定要當面談談。於是我

「……我，打算回去那個城市看看。無論如何，就這樣和忍結束，我眞的無法接受。或許妳們無法理解，這樣下去我……我眞心不認爲這樣下去對忍來說是好的。」

「嗯，我贊成你的想法。」璃子說。沙織也同樣點了頭。

我看向手機。確認了好幾次畫面，傳給忍的LINE和訊息依然是未讀的狀態。

唉——我從肺的深處發出嘆息，同時覺得有些想哭，連我自己也嚇了一跳。我趕緊把可可一飲而盡。我想要見忍。我想要和忍說說話。如果忍決定和我斷絕關係，那也沒有辦法，不過如果是這樣，我想要直接聽忍親口說。

愛上一個人，光靠幸福的心情是無法成立的，一想到這裡，突然覺得有些害怕。愛上某個人，其實是一件很可怕的事情。不光是自己的，還要背負對方的

各種問題。即便理解了這些，我也無法就這樣模糊地處理和忍之間的關係。

那個週末，我向店長請了假，回到了那個城市。

下了電車，爲了放鬆僵硬的肌肉，我大大地伸展身體，冷空氣灌進了我的肺裡。這個城市的冬天和東京不同。我立刻直接前往美佐子小姐的公寓。傳給忍的LINE和訊息一直沒有變成已讀，就這樣過了十天。

美佐子小姐尚未從工作地點返家。我鼓起勇氣，打了通電話給忍。不出我所料，只聽得到來電鈴聲。我躺在原地，抱著膝蓋，像個胎兒似的縮成一團。鼻子深處一陣刺痛，眼淚流了下來。過了一陣子，大門突然被打開。

「不好意思。因爲加班，所以晚回來了！我馬上準備料理。海好久沒有回來了。咦，海，你在睡覺嗎！什麼也沒蓋就躺在那種地方，會感冒的喔！」

「……我見不到忍了。也聯繫不上他。」

我一邊說一邊起身。用手掌擦掉眼淚。自從忍離開後，我完全地變成了一個愛哭鬼。

「母親離開的時候，父親離開的時候，雖然這麼說對他們有些抱歉，但我都沒有如此傷心。可是，一想到忍不想和我見面了，一想到我被討厭到這種程度……」

「這樣啊……。不過，先把肚子填飽再說吧。想要聊聊的話，無論今天或明天都有的是時間。」

美佐子小姐抓著我的手，讓我站起來。我洗了把臉，在美佐子小姐旁邊動作緩慢地準備著晚餐。不曉得美佐子小姐要做什麼，她從環保袋裡接二連三取出大量的食材，擺放在流理台旁的工作台上。如同兩個人一起住的時候一樣，我和美佐子小姐並肩站在狹窄的廚房裡，洗著切著美佐子小姐買來的蔬菜。美佐子小姐一邊按下電子鍋的開關一邊說：

「忍對你而言十分重要吧？」

「對美佐子小姐來說，父親不也十分重要嗎？」

美佐子小姐用有些困惑的表情看著我。

「是沒錯，不過，說眞的……」

「說眞的？」

「比起綠亮先生，海對我來說更重要。而且綠亮先生中途就人間蒸發了。」

說完美佐子小姐笑了。

「要想辦法照顧海，對我來說，那就是最重要的事情。」

美佐子小姐從冰箱裡拿出醬菜，在砧板上切。砧板染上了淡淡的綠色。

「我啊，一直以來都沒有任何人生目標。因爲大家都去，所以去上了大學。明明沒有任何想要學習的事物。大學畢業後就應該去工作，於是沒有想太多就去上班了。我以爲放著不管自然就能談戀愛、結婚，但那在我的人生裡是困難的。人生大概就那樣了，我也曾經如此自暴自棄過。不過呢，遇見了綠亮先生，遇了見海，成爲了一家人。想要的東西居然全部到手了。」

「想要的東西？」

「丈夫和孩子，成爲母親養育孩子，遇見海之後都實現了！」

說完美佐子小姐用手捏起切好的醬菜放入口中。我也伸手把醬菜放入口中。湯汁和鹽味在嘴裡擴散開來。鹽醃青菜是這個城市的名產。令人懷念的味道。一想到這應該也是忍從小吃到大的口味，不禁悲從中來。

「啊，不過啊，這麼說的話，死去的綠亮先生或許會生氣也說不定呢。」

「嗯。」

「已經不在這個世界上了，這樣想之後或許還比較喜歡綠亮先生。我也眞是個薄情的人。早知道這樣的話，在他活著的時候應該對他更好一點。」

哈哈哈，美佐子小姐一邊笑一邊把煮熟的馬鈴薯壓碎。

「人的想法是會隨著時間而變化的。人生遠比自己想像的還要更長。」

「我之前也這樣想過。人生，眞的很長呢。和忍之間的關係變得一團亂。以前我總覺得，只要抱持著喜歡忍的心情，無論什麼事情都可以解決。」

「海眞了不起。一直喜歡著忍。相當專情呢。」

「爲什麼會如此喜歡忍，連我自己也覺得不可思議，也有覺得痛苦的時候。我也曾經想過，如果不是忍，或許會比較輕鬆。」

「相遇的事實是無法抹去的。」

「沒錯。絕對無法抹去。我們在極小的機率下相遇了。父親和美佐子小姐一定也是如此。在極小的機率下相遇。」

「海……」

美佐子小姐瞇起眼睛，抬頭看著我。

「感覺你突然變成大人了呢。原本那麼小的一個孩子，開始會思考各種事情了。」

美佐子小姐停下了正在壓碎馬鈴薯的手，面向著我。

「海，按照你想要的方式生活吧。沒有任何事情需要忍耐。即使那件事情從世俗的眼光來看是錯誤的，我也會一直支持海。這一點今後也不會改變。」

說完後，美佐子小姐把壓碎的馬鈴薯，用手掌捏成可樂餅的形狀。我也過去幫忙。

「明天，我要去忍的家。也許無法得到理解，不過有些話我一定要當面對忍說。」

「嗯，我明白了。」

美佐子小姐一邊說，一邊把裹好麵衣的可樂餅，輕輕地放進熱油裡。看著劈啪飛濺的熱油，說實話，我內心害怕不已。假設明天眞的見到了忍，聽到忍心中眞實的想法，我會不會後悔，要是被當面拒絕了該如何是好，這些念頭在我腦海裡閃過，我搖了搖頭，試著不要去多想。

隔天下午，我前往忍的家。仔細想想，忍的家在這一帶可以說是特別大，彷彿古老的小木屋似的。我的雙腳癱軟。即便我按下門鈴，我也不覺得忍的父母親會輕易地讓我們見面。忍的房間在面向道路的二樓。

雖然窗簾緊閉著，但不知爲何我有種預感，忍現在就在那個房間裡。

我用路上的小石頭往窗戶丟。小石頭打中窗戶，發出咚的一聲。反覆丟了幾次，但都沒有反應。於是我傳了訊息給忍。

「現在，我在你房間下面。」

對面有人走了過來。要是被認爲行爲可疑而報警的話就不好了。我握著手機躲在電線杆後面，同時心想，我現在到底在幹嘛？不過，等人經過之後，我依然不死心地丟著小石頭。完全沒有任何反應。時間漸漸地接近傍晚。不知道從哪個家裡傳來了咖哩的香味，肚子咕嚕地叫了一聲。

不知道經過了多久，像是在觀察周圍的情況似的，窗戶被微微地打開，此時已經完全天黑了。忍拉開窗簾，低頭尋找著我的身影。看到許久不見的忍，我很開心，於是用力地揮手。過來這裡，我用食指指著地面示意。忍關上了窗戶。等一下！我差點情不自禁地發出聲音。忍果然不想見我、這樣也只能回去了，正當我這麼想的時候，忍慢慢地打開了玄關門，走了出來。和之前一樣，忍看起來依然很憔悴。一想到這一切都是我造成的，我就覺得心痛。忍連外套也沒穿。腳上穿著拖鞋。看來忍沒有打算和我多說什麼。像是必須趕快把話說完似的，眼神空洞的忍開口：

「海，我已經決定隱藏自己的內心過日子了。即便不是我，一定也有許多適合海的對象。所以，我和海之間就……」

「忍是眞的這麼想的嗎？」雖然試圖壓抑，但我還是大聲地說了出來。

此時，玄關門打開。忍的父親把頭探了出來。

「忍？」

聽到那個聲音，我抓住忍的手，跑了起來。忍第一時間顯露出抵抗的態度，不過還是抵擋不住我的氣勢，跟著我一起跑了。

「忍！忍！」

我們像是要擺脫從背後傳來的，忍的父親的聲音似的跑著。忍回頭喊：

「父親，對不起。我必須和海談談。我會回家的，放心！」

之後我們兩個人便全速奔跑。穿著拖鞋的忍似乎許久沒有跑步了，途中幾次快要跌倒，於是我伸出手支撐忍的身體。出了城市，腳步自然而然地朝著湖泊的方向。我在心中決定，要找一個不被人打擾的地方，和忍談談我們之間的事。本來也想過在我家裡談，不過今天我不希望美佐子小姐在場。

看見了湖泊。夜晚的湖邊有點恐怖。雖然對岸可以看到隔壁城市的繁華燈火，但我們的周圍只有微弱的街燈。沒有誰先誰後，兩個人在岸邊快要壞掉的長椅上坐了下來。呼出來的空氣是白色的。我取下圍巾，替沒有穿外套的忍圍上。忍抵抗著把圍巾取下，放在我的膝蓋上。只聽得見往岸邊而來的水聲和風聲。忍站了起來，面對著湖泊說話，聲音小到幾乎要被風聲掩蓋。

「那個，在這個國家裡，像我這樣過著日子的人，現在應該還是很多吧。是否能夠出櫃，要看有什麼樣的父母親，又或者是說處於什麼樣的環境吧。海是天選之人。但我就不是。海可以做自己，自由地生活。但我只能偽裝自己來過日子。期待下輩子吧。」

我不自覺地站起來，面對著忍。我抓住忍的手，對他說：

「忍，沒有什麼下輩子。人生就只有這麼一次！雖然我沒有死過，也不清楚到底是怎樣，但我覺得是這樣！」

聽完我的話，忍把臉轉了過去，低下了頭。忍甩開了我的手。然後開口說：

「我沒有像海那樣活著的勇氣。我就是個如此軟弱的人。一個人的話無法活下去。依靠著父親而活。而且說實話，無論是父親、母親，還是妹妹，我不想給任何人帶來困擾。我就是這麼奸詐的人。」

「一點也不奸詐。那是因爲忍把家人，看得比自己還要重要的緣故。不是奸詐，而是體貼的人。」

不，忍搖頭。

「因爲我這個樣子，我覺得父親的工作也必須由我來承繼。」

「這個樣子，是什麼意思？太不合理了。無論對於我，還是對於忍來說都……」

「即便我是這種人，父親也沒有把我從家裡趕出去。讓我去上大學，在生活上給予我支援……。我想我多少了解了父親的工作的意義。所以，我不想給父親帶來困擾。我必須報答父親才行。我現在能做到的只有這些。我啊，沒辦法像海一樣，用『這就是我』的態度、挺著胸膛過日子。對我來說，海就像太陽一樣。而我就像翻開石頭時，躲在石頭背面的小蟲子。我們各自活在永遠無法眞正理解彼此的地方。」

「爲什麼要如此貶低自己呢？總說些不好聽的。如果你這麼說的話，那麼喜歡忍的我又該做何感想？或許忍因爲考量到父親和母親而感覺被制約，可是我……」

「可是？」

「可是，我希望忍可以過忍所想要的人生。」說這句話的同時，我感到心痛不已。

「我的人生不像海那麼輕鬆。我家的父親也不是綠亮先生那種。」

刺骨的冷風拂過臉頰。

「也沒有那麼輕鬆。而且父親前陣子過世了。」

「啊……」

忍驚訝地看著我的眼睛。

「他按照自己的方式生活，然後死了。在世人眼裡或許是個一無是處的人，不過對我來說是個好父親。……小時候，這位父親以及眞正的母親，當他們都從我眼前消失的時候，我曾經想過，爲什麼要生下我呢。不過那些事情，我都已經不在乎了。如果沒有那兩個人，我不會在這裡，也不會遇見忍。在其他人眼中，我的人生看起來或許很可憐，但我並不這麼認爲就是了。……我說，忍的人生究竟屬於誰呢？」

「…………」

「我的話聽起來或許有些殘酷，不過忍難道要到父親不在了以後，才開始過自己的人生嗎？到那個時候忍都幾歲了？那樣就太遲了。就從現在、從這裡開始吧。」

「……從現在開始？」

「我們已經不是小孩子了。無論是忍上大學的學費、生活費，反正我會先出社會工作，我可以協助忍。爲了忍而工作。忍也要靠自己的力量去過大學生活。許多人都是這樣不是嗎？這並非辦不到的事情。」

忍在黑暗中捕捉我的目光。

「而且，我不會叫你置你父親和母親於不顧。這兩個人對於忍來說也很重要對吧？雖然目前無法被理解，但可以試著藉由溝通得到理解。一次的話絕對無法成功。所以要一而再、再而三的去溝通。」

忍的眼神在顫動。

「我們眞的要結束了嗎？爲了這種事情結束眞的無所謂嗎？」

忍的表情變得扭曲。忍搖了搖頭，擠出聲音說：

「……不要，我不要。」

我把手伸向了忍的身體。我再次抓住了忍的手，把忍的身體抱進我懷裡。

我將臉靠在忍的肩膀上。忍沒有抵抗。忍突出的肋骨接觸到我的胸口，我感到一陣心痛。於是我開口說：

「在東京，我們兩個人一起住吧。再去一次那個城市吧。兩個人租一個小房間吧。活出忍的人生吧。不出櫃也沒有關係。我絕對不會認爲那樣是想要欺騙任何人。忍只要按照自己的意思生活就好。我會支持忍。」

我感覺到忍在哭。

「……我做得到嗎？」

「沒問題的。我會在你身邊。一定可以的。」

忍黯淡的瞳孔中似乎閃爍著一絲光芒。

「可以聽我說嗎？但不可以笑我。」忍開口說。

「當然可以。」

「之所以想要承繼父親的工作……其實是因爲……」

「嗯。」

「因爲考慮到像我和海一樣的孩子們。我希望在我們之後出生的孩子們，不用再承受我們在高中時期背負的那些壓力和痛苦。」

忍接著說：

「雖然目前還不清楚自己能夠做到什麼，也有可能會失敗。說眞的，要去挑戰這件事也讓我感到害怕。不過，萬一，即便我失敗了……海也會在我身邊嗎？」

我把手繞在忍的脖子上說：

「忍的話一定做得到！不可能做不到的！無論發生任何事情，我會一直在忍的身邊喔。」

「不想和海分開……」

忍用幾乎聽不見的聲音說道。我把自己和忍的口罩拿掉，然後親吻。本想若無其事地親一下，不過並不順利。由於太過激動，兩個人的牙齒相撞，我們不禁笑了出來。我很開心忍笑了。距離上一次看到忍的笑臉不知道過了多久。然後換忍親吻了我。只是嘴唇相互接觸，爲什麼有種全身細胞都在顫抖的喜悅呢？理由只有一個。因爲我喜歡忍。

親吻的同時，我再次緊緊擁抱忍那瘦得不成樣子的身體。我下定決心，要回到東京、兩個人重新開始。我要給忍吃我做的料理。我要幫忍洗澡。我要爲了忍工作。我完全可以想像這一切不容易。然而，我還是選擇了這條路。因爲沒有任何事情比和忍分離更痛苦。因爲我想要一直和忍在一起。

我們在長椅上坐了一段時間，依偎著彼此，看著湖面。我們反覆地擁抱、相視、親吻，就這樣忍耐著寒冷。

然而，雖說是初冬，這裡的寒冷依然嚴酷。受不了的我們走了起來。

高中時代的驛傳時過的路。在那之後經過了多久時間呢。明明是幾年前的事情，不過感覺已經過了好久好久。我們手牽著手走著，忍突然蹲下來。我嚇了一跳，也跟著蹲下來。

「哪裡在痛嗎？腳？肚子？」

「沒有沒有。這次換我來背海。」

「咦，沒問題嗎？」

「我想要背海。」

忍的眼神似乎是認真的。我走到忍的背後，把手放在忍的脖子上，輕輕地把身體靠上去。呼，忍吐了一口氣後，背著我向前走。感覺並不是太輕鬆的樣子。不過，忍的背好溫暖。忍的背原來是如此寬闊。這個背上承受著許多（應該比我還要多）事情，加上我的重量，忍就這樣走著。

「忍……」

「嗯？」忍停下來，朝我這裡看。

「我們輪流背對方吧。」

我從忍的背上下來，這次換我蹲在路上。

忍花了一些時間才把身體靠在了我的背上。我像驛傳接力賽那天一樣地背起了忍。忍的身體如此地輕盈，我不禁感到心酸，我在心裡發誓，要把忍流失的體重給補回來。走了一段路後，忍從我的背上下來。我牽起忍的手，用力地握緊。在聽得見詭異的鳥叫聲的夜晚，我們並肩走著。

過了一會兒，鄰接著地平線的天空，彷彿書本翻頁一般，顏色逐漸變化，從黑色變成深藍色、再變成藍色。

又是新的一天。和忍兩個人一起度過的今天。

途中，傳來巨大的轟鳴聲，一群機車呼嘯而過。車子經過的時候，對我們投以類似白癡、廢物之類的低俗言語。我們在高中時代也經常被這麼說。這個世界從那個時候到現在還是沒變。

「哪裡有問題了！」我忍不住大喊。旁邊的忍嚇到睜大了眼睛。

「要是高中時代也能這麼說就好了。」我說。

「當時我們彷彿不存在似的低調地過著日子呢。」忍說。

「我們明明沒有做錯任何事情。」忍接著說。

「北七、北七。」我對著已經看不見的機車集團不斷地喊，看著這一幕的忍笑了。

天空中出現了像是毛衣上的小洞一樣的地方，橘黃色的光芒從那裡露了出來。

早上了。鳥兒們的鳴叫也在宣告著早晨的到來。

我們已經繞著湖泊走了半圈。但我們沒有停下腳步。

剛剛開始的今天，和昨天彷彿是完全不同的日子。

我們牽著手，往湖水的方向靠近。

水面緩緩地反射著剛剛升起的太陽的光芒。我從來沒有這麼近距離、在這麼早的時間看過湖泊。湖水看起來既是湛藍的、也是透明的。從這裡可以看見湖底的石頭。湖泊像海洋一樣，小小的波浪拍打在我們的腳邊。

今後，我們的人生會發生什麼事情，沒有人知道。也許會比一般人要辛苦一些，甚至讓我和忍想要逃離也說不定。

但是我不怕。因爲有忍在。既然相遇，就要用盡全力去愛。

沒有錯，就只是這樣。

太陽慢慢地上升到天空中。忍和我兩個人牽著手、閉上眼睛，靜靜地感受著那份溫暖滲透進我們的身體裡。

PL 00120

湛藍透明的我

ぼくは青くて透明で

作　　者—窪美澄
譯　　者—emina
編　　輯—黃煜智
行銷企劃—林昱豪
校　　對—魏秋綢
書封設計—魚展設計
內文排版—陳姿仔

副總編輯—羅珊珊
總 編 輯—胡金倫
董 事 長—趙政岷

出 版 者—時報文化出版企業股份有限公司
108019 台北市和平西路三段 240 號四樓
發行專線／（02）2306-6842
讀者服務專線／0800-231-705、（02）2304-7103
讀者服務傳眞／（02）2304-6858
郵撥／1934-4724 時報文化出版公司
信箱／10899 臺北華江橋郵局第 99 號信箱

時報悅讀網—www.readingtimes.com.tw
電子郵件信箱—ctliving@readingtimes.com.tw
思潮線臉書—https://www.facebook.com/trendage
法律顧問—理律法律事務所陳長文律師、李念祖律師
印刷—家佑印刷有限公司
初版一刷—2025 年 2 月 14 日
定　價—新台幣 450 元

Printed in Taiwan

時報文化出版公司成立於一九七五年，
並於一九九九年股票上櫃公開發行，於二〇〇八年脫離中時集團非屬旺中，

湛藍透明的我 / 窪美澄著 ; emina 譯 .
-- 初版 . -- 臺北市 : 時報文化出版企業股份有限公司 ,
2025.02
304 面 ; 14.8*21 公分 .
譯自 : ぼくは青くて透明で
ISBN 978-626-419-164-7(平裝)

861.57113020061

BOKU WA AOKUTE TOMEIDE by KUBO Misumi

Original Japanese edition published by Bungeishunju Ltd., in 2024.
Chinese (in complex character only) translation rights in Taiwan reserved by
China Times Publishing Company, under the license granted by KUBO Misumi, Japan
arranged with Bungeishunju Ltd., Japan through AMANN CO. LTD., Taiwan.

ISBN 978-626-419-164-7
Printed in Taiwan